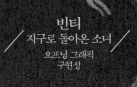

빈티
지구로 돌아온 소녀

오프닝 그래픽
구현성

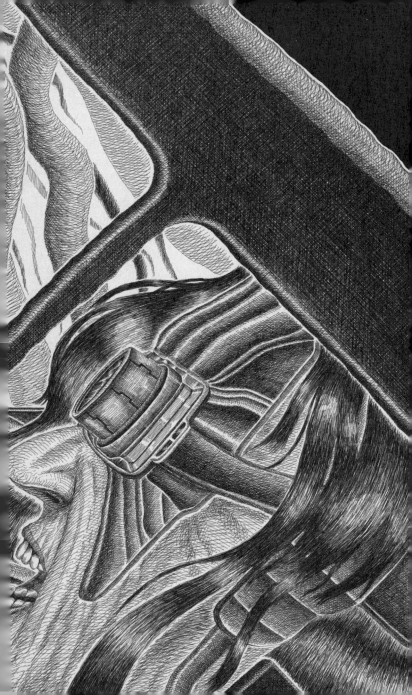

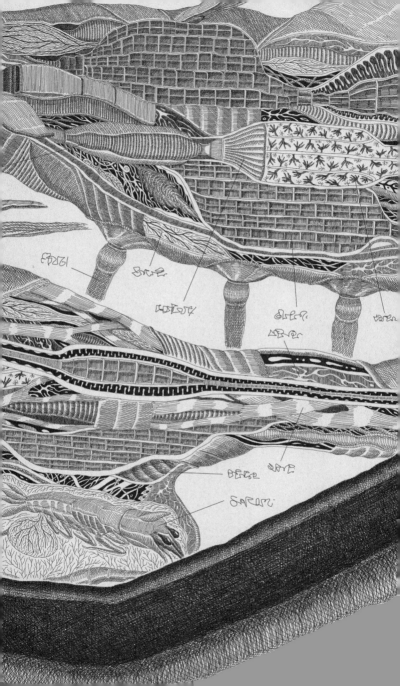

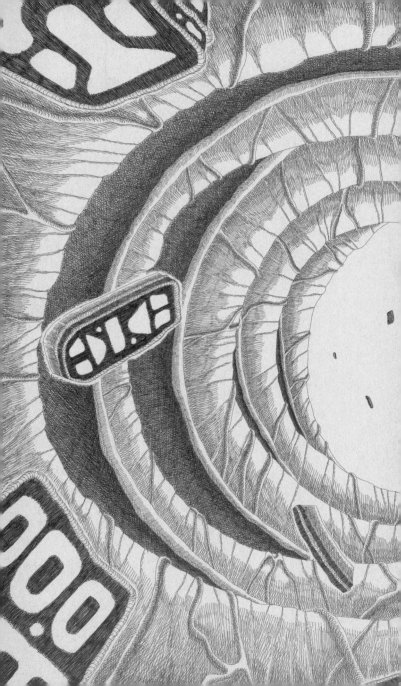

빈티

지구로 돌아온 소녀

빈티
지구로 돌아온 소녀
BINTI: HOME

은네디 오코라포르

𝗫

그래픽
구현성

이지연 옮김

차례

◯

귀환의 때 .. 7

인간들이란 항상 쇼를 하지 .. 31

발사 .. 45

고향에 와서 .. 70

뿌리집 .. 89

밤의 가장꾼 .. 121

피 .. 142

빈 땅 .. 148

운명은 섬세한 춤 .. 154

거짓말 .. 175

황금의 종족 .. 203

아리야 .. 208

계획 .. 229

◯

귀환의 때

"다섯, 다섯, 다섯, 다섯, 다섯, 다섯." 숨소리만으로 말했다. 난 이미 나무 노릇을 하는 중이라 모래 폭풍 속 모래 알갱이들처럼 숫자들이 나를 휩싸며 몰아쳐왔고 문득 머릿속에서 무언가가 쩔꺽 풀려 넘어가는 느낌이 났다. 힘든데 시원한 기분, 관절을 꺾을 때나 근육을 늘릴 때 같은. 나는 더 깊이 잠겨갔고 온기를 느꼈다. 내 살갗에 펴 바르고 온 오치제의 향긋한 흙 내음이, 내 혈관 속 피 냄새가 맡아졌다.

방이 꺼져 내려갔다. 수학을 가르쳐주시는 옥팔라 교수님 얼굴의 크게 놀란 표정도 사라져갔다. 내가 내 에단을 힘껏 움켜쥐자 성상 구조로 돌출해 있는 꼭짓점들이 손바닥에 파고들었다. "아, 세상에." 나는 입속말을 했다. 무슨 일인가가 일어나는 중이었다. 나는 손바닥을 오목하게 만들고 손을 폈다. 수학적인 명상에 깊이 잠겨 있지 않았더라면 그걸 떨어뜨렸을 것이다. 떨어뜨리면 안 된다는 걸 알지는 못했으니까.

맨 처음 든 생각은 여섯 살 때 보았던, 공이 돼서 모래언덕에서 데굴데굴 굴러 내려오던 개미 떼였다. 사막개미가 비탈을 내려갈 때 쓰는 방법이다. 나는 더 가까이서 보려고 달려갔다가 꾸물꾸물 생동하는 개미 몸체들 덩어리를 보고 비위가 상해 꺅 소리를 질렀더랬다. 내 에단이 이제 그때 그 사막개미 공처럼 꿈틀거리며 이리저리 돌고 있었다. 바로 내 두 손바닥 사이에서 그것을 이루고 있는 많은 세모꼴 판들이 뒤집히고 비틀리고 자리를 바꾸는 중이었다. 내가 불러일으킨 파란 흐름이 실뱀처럼 호시탐탐 주위에 얼씬거리고 사이사이로도 지나갔다. 이건 옥팔라 교수님이 가르쳐주신 새로운 기술로, 나는 지난 두 달

8

에 걸쳐 여기에 꽤 숙달돼왔다. 교수님은 심지어 이걸 '웜홀(우주과학에서 말하는 웜홀과 같으며 우리말로 흔히 벌레로 번역되는 '웜'은 지렁이나 회충이나 실뱀같이 다리가 없이 배로 기어 다니는 긴 미물을 통칭한다—옮긴이)' 흐름이라고 부르셨다. 왜냐하면 생긴 것도 그렇고 또 이걸 불러일으키려면 웜홀의 측정법을 사용해야 하기 때문이었다.

'숨을 쉬어.' 스스로를 타일렀다. 억눌려 있는 나의 일부분은 내 에단이 내가 불러 통과시킨 흐름 탓에 지금 흔들려 조각조각 떨어져나간다고, 멈춰야 한다고, 다시는 도로 합쳐놓지 못할 거라고 울고불고하고 싶어 했다. 그러는 대신 나는 헤벌어진 입을 그냥 벌린 채 다시 마음에 위안이 되는 숫자를 속삭였다. "다섯, 다섯, 다섯, 다섯, 다섯." '숨이나 쉬어, 빈티.' 나는 생각했다. 한 덩어리 공기가 얼굴에 곧바로 끼쳐왔다. 마치 무언가가 휙 지나간 것 같았다. 눈꺼풀이 무거워져왔다. 나는 저절로 감기는 눈을 그냥 두었고…

* * *

나는 우주에 있었다. 무한한 암흑. 무게가 느껴지지 않는. 날아가고 추락하고 상승하고 부스러지기 쉬운 금속성 분진으로 이루어진 어느 행성의 고리를 뚫고 지나갔다. 자잘하게 부서진 석편들이 내 피부에 계속 부딪혔다. 숨을 쉬려고 입을 조금 벌렸는데 부스러기들이 입술을 때렸다. 숨을 쉬어도 될까? 나의 내면에서부터 살아 있는 숨결이 후르르 가슴 속에 피어나 그 공기로 폐가 팽창하는 것이 느껴졌다. 나는 긴장을 풀었다.

'당신은 누구지요?' 어떤 목소리가 물었다. 우리 집안 사람들이 쓰는 말투로 말하는데 소리가 사방에서 났다.

'나미브의 빈티 에케오파라 주주 담부 카입카, 그게 내 이름이에요.' 내가 말했다.

잠깐 멈춤.

나는 기다렸다.

'더 있을 텐데요.' 목소리가 말했다.

'그게 다인데요.' 나는 조바심치며 말했다. '그게 내 이름이라고요.'

'아니야.'

내게서 울컥 뿜어져 나온 순간적인 분노는 정말 의외였다. 그랬는데 곧 분노가 탐탁스러웠다. 내 이름이 뭔지 알 것 같았다. 이제 막 그걸 소리쳐 말하려는데…

* * *

…도로 교실이었다. 옥팔라 교수님 앞에 앉은 채였다. '나 무지하게 화가 났지.' 나는 생각했다. '왜 그렇게 화가 났을까?' 끔찍한 느낌이었다. 그 분노의 감정이라니. 고향에서였으면 일곱을 섬기는 여사제들이 부정하다고 불렀을지도 모를 지경이다. 촉수를 닮은 내 오쿠오코 하나가 문득 꿈질 움직였다. 밖에는 제2 태양이 저물어가고 있었다. 그 빛이 다른 태양의 빛과 섞여 쏟아져 들어와 교실 안은 내가 무척 좋아하는 색으로 흘러넘쳤다. 분홍색과 주황색이 조합된 생

기발랄한 그 색을 움자 대학행성 원주민들은 '은투은투'라고 불렀다. 움자의 곤충인 은투은투 벌레는 알을 낳으면 그 알이 어둠 속에서 산뜻한 주황 분홍색으로 은은히 빛났다.

햇살은 내 에단 위를 환히 비췄다. 그것은 흐름의 그물망 속 부분 부분 간의 균형에 물려 내 앞에 떠 있었다. 이렇게 분해된 건 지금까지 본 적이 없었고 내가 의도한 바도 아니었다. 나는 흐름을 그 구분선 사이로 흐르게 함으로써 대상물과 대화를 해보려고 한 거였다. 이렇게 하면 되는 수가 많다고 옥팔라 교수님이 그러셨고 나는 내 에단이 무슨 말을 할지 꼭 알고 싶었다. '다시는 못 합치는 거 아닐까?' 생각이 막 치달으면서 한순간 불안감이 엄습했다.

그러나 곧 조각조각 분해되었던 내 에단의 부분 부분들이 착착 재결합되는 광경을 지켜보며 나는 크나큰 안도감을 느꼈다. 다시 완전해진 모습으로 에단은 내 앞 바닥에 내려앉았다. '일곱이여, 감사합니다.' 나는 생각했다.

내가 여전히 그 주위로 흘리고 있는 흐름의 푸른색

과 환한 은투은투 색이 둘 다 아래로 향한 옥팔라 교수님의 얼굴에 비쳤다. 교수님은 실물 공책과 연필을 손에 들고 있었다. 너무나도 지구식이었다. 그리고 수학과 건물 밖에서 자라는 타마린드 비슷한 나무의 가지로 직접 만든 굵고 거친 연필로 뭔가 맹렬하게 써 넣고 있었다.

"나무에서 떨어졌네?" 눈도 들지 않은 채 교수님이 말했다. 나무 노릇 하다가 갑자기 그만하게 되는 것을 가리키는 교수님의 표현이었다. "어떻게 된 일이니? 이제야 겨우 에단이 알아서 열리게 만들어놓고."

"그게 그런 거였어요? 그럼 잘된 일이었네요?"

교수님은 혼자 클클 웃기만 했다. 여전히 뭔가 끼적여 적고 있었다.

나는 인상을 찌푸리고 고개를 저었다. "모르겠어요… 무슨 일이 일어난 건지." 입술을 물었다. "무슨 일인가가 일어났어요." 교수님이 눈을 들었을 때 문득 시선이 마주쳤는데 나로서는 한순간 내가 학생인 건지 교수님의 실험 연구 대상인 건지 잘 알 수 없었다.

불러일으킨 흐름이 스러져가게 놔두고 나는 눈을

감고 위로가 되는 $f(x) = f(-x)$ 공식을 생각하여 정신을 쉬게 했다. 에단을 만져보았다. 천만다행이게도 다시 하나가 돼 있었다.

"괜찮니?" 옥팔라 교수님이 물었다.

진정이 되는 방정식으로 명상을 하고 있는데도 불구하고 머리가 쿵쿵 울리기 시작했다. 곧 열화 같은 분노가 끓는 물처럼 내 속으로 넘쳐 들어왔다. "으… 모르겠어요." 이마를 문지르면서 내가 말했다. 찡그린 골이 더 깊어지고 있었다. "자연히 일어날 일이 일어난 것 같진 않아요. 모르긴 해도 무슨 일인가가 생겼어요, 옥팔라 교수님. 기분이 이상해요."

그랬더니 옥팔라 교수님은 웃음소리를 냈다. 나는 이를 악물었다. 속이 들끓었다. 이렇게나 화가 끓다니. 나답지 않았다. 그런데 최근에는 이런 게 내가 돼가고 있었다. 하도 자주 이래서. 이젠 나무 노릇을 하는 중에도 이런 일이 생기네? 어떻게 된 건지, 도대체 있을 수나 있는 일인지? 정말로 탐탁지 않았다. 그렇다고 해도 나는 지구 시간으로 1년 이상을 옥팔라 교수님과 함께 공부를 해왔으므로 에단을 연구한

14

다는 건 그 에단이 어떤 종류이든 간에 발견된 행성이 어디인지를 막론하고 예측 못 할 것을 다루는 일인 줄 배워 알고 있었다. "모든 일에 뭔가 하나는 희생이 따르는 법." 옥팔라 교수님은 이렇게 말하기 일쑤였다.

에단은 모두 저마다 다른 이유로 저마다의 독특한 점이 있었다. 내 에단 역시 메두스에게는 독이 되었다. 메두스들이 우주선을 공격했을 때 내 목숨을 구해준 게 그 점이었다. 오크우가 옥팔라 교수님과 수업하는 나를 구경하러 오지 않은 이유가 그거였다. 그렇다고 해도 내 에단을 만지는 게 나에게는 그런 효과를 내지 않았다. 나는 심지어 내 오쿠오코를 내에단에 대본 적도 있었다. 설령 이제 내 일부가 메두스가 됐더라도 난 아직 인간이란 걸 알게 해준 한 가지가 그거였다.

"단독 분해를 시켜놨구나." 옥팔라 교수님이 말했다. "이런 일도 생긴다고 말만 들었지 실제로 구경은 못 해봤다. 잘했네."

옥팔라 교수님은 이 말을 너무나도 차분하게 했다.

15

'자긴 이런 일 구경도 못 해봤다면서 왜 내가 뭘 잘못한 것처럼 굴어?' 나는 그게 궁금했다. 나 자신을 다독이려고 콧방울을 벌름거렸다. 아니야, 이건 정말 나답지 않아. 내 촉수가 꿈틀했고 단일하고 아주 명확한 생각이 머릿속에 들어왔다. '오크우가 싸움을 하려고 한다.' 전기 오른 듯한 분노의 전율이 내 몸을 꿰뚫어 나는 펄쩍 뛰었다. 오크우에게 해를 가하려고 하는 게 누구람? 차분한 목소리를 내려고 안간힘을 쓰면서 내가 말했다. "교수님, 저 가봐야겠어요. 가도 될까요?"

교수님은 동작을 멈추고 이맛살을 찌푸렸다. 옥팔라 교수님은 타마자이트 사람인데, 우리 아버지가 타마자이트 사람들에게 물건을 파는 일에 대해 말씀하시던 바에 따르면 그들은 말이 없는데 말을 하면 위력이 있다고 했다. 일반화일지 몰라도 우리 교수님에 대해서라면 딱 들어맞는 이야기였다. 나는 옥팔라 교수님이 어떤 사람인지 잘 알았다. 저 찌푸림 뒤에는 은하계 하나만큼의 활동성이 들어 있었다. 그래도 나는 가야만 했고 지금 당장 나서야 했다. 교수님이 한 손을 올려 손짓을 했다. "가렴."

　나는 벌떡 일어났고 내 배낭이 있는 데로 함부로 몸을 돌리다가 뒤에 있던 화분을 깰 뻔했다.

　"조심해라." 교수님이 말했다. "넌 약하니까."

　나는 배낭을 집어 들고 교수님이 생각을 바꾸기 전에 꽁무니를 뺐다. 옥팔라 교수님이 거저 수학과 학과장이 된 게 아니다. 모든 것을 계산했을 텐데 아마 나를 만난 그날에 이미 다 했을 터였다. 내가 그 짤막한 경고의 무게를 깨닫기에 이른 것은 한참 후, 정말 한참 시간이 지난 후였다.

＊　＊　＊

　태양열 왕복선을 탔다.

　제2 태양이 지자, 왕복선은 충전량 최대가 되어 최고로 힘이 넘쳤다. 대학교의 왕복선은 외양이 뱀을 닮았는데 그래도 덩치가 오크우만 한 사람 50명은 편안하게 이용할 수 있을 만큼 넉넉한 공간이 나왔다. 왕복선 겉껍데기는 움자에 많은 숲들 중 한 곳에 살았던 어느 거대 생물의 탈피 껍데기로 만들어진 것이었다. 듣기로는 왕복선 몸체 내구성이 정말 좋아서 충돌을 한다 해도 긁힌 자국 하나 안 날 것이라고 했다. 왕복선은 '좁다란 출구'의 바닥에 정차돼 있다가 그걸 타고 이동하고, 정거장 옆에 자라는 몇 그루의 커다란 투척 식물이 선로 위에 미끌미끌한 녹색 기름을 분비했다.

그 엄청나게 큰 시커먼 식물들은 언제 봐도 무시무시했다. 지나치게 가까이 갔다가는 잡혀먹힐 것같이 생겼다. 게다가 그 식물들은 구리 냄새 같은 고약한 냄새를 휘감고 있는데 피 냄새와 너무 비슷해서, 맨 처음 정거장에 왔을 때 나는 나중에야 공황 발작이었음을 알게 된 일을 겪었다. 나는 코에 그 냄새를 담은 채로 승강장에 멍하니 서 있었다. 곧이어 그때의 기억이 너무나도 생생하게 번개처럼 번뜩 떠올랐다… 갓 쏟아진 피 냄새가 맡아졌다. 외우주 한복판에 있는 우주선의 식당, 지금 막 사람들이 전부 메두스에게 처참하게 살해당한 그곳에 있었던 때의 기억들.

나는 그날 왕복선을 타지 못했다. 몇 주 동안이나

18

못 탔다. 대신에 공중 부양 승합차 비슷한 쾌속 이동편을 탔는데 사실 왕복선보다는 훨씬 느려서 더 가까운 거리를 가는 데 사용되는 이동 수단이었다. 느린 걸 참을 수 없게 되어 태양열 왕복선을 다시 타보기로 마음먹었을 때 나는 왕복선에 오를 때까지 코를 막고서 입으로 숨을 쉬었다. 왕복선이 움직이기 시작하니 냄새는 가셨다.

원주민이 검색기로 검색을 하고 있었고 나는 그녀에게 내 천문의를 건넸다. 그 여자는 널따란 파란색 눈을 가늘게 뜨고는 조그마한 코를 쳐든 채 나를 내려다보았다. 내가 걸핏하면 이 왕복선을 타니 일정을 알 만도 한데 생전 보지도 못했다는 것처럼. 그이가 한 손가락으로 내 오쿠오코 한 가닥을 탁 쳤다. 내 머리보다 큰 손을 가지고서. 그러더니 그녀는 오치제 묻은 손가락을 비비면서 몸짓으로 나를 왕복선 선실로 들여보냈다.

나는 늘 앉던 대로 나 정도의 체구를 가진 사람들이 타는 쪽, 커다란 둥근 창 곁 자리로 가서 안전띠를 찼다. 왕복선은 시속 800킬로미터에서 1600킬로미터 속도로 달린다. 충전이 얼마나 되었느냐에 따라 달랐다. 15분 후면 병기 도시에 도착할 텐데 너무 늦은 게 아니기를 바랄 뿐이었다. 오크우가 담당 교수를 죽여 버리려고 마음먹고 있었으니까.

* * *

집채만 한 크기의 승강기가 우릉거리며 열린 그 순간에 나는 달려 나갔다. 신고 있는 샌들이 바랜 흰색 대리석으로 된 매끈한 바닥을 찰싹찰싹 때렸다. 그 방은 무척 넓고 천장이 높고 벽이 곡면이었는데 전부 두툼한 치아질의 대리석을 파서 만든 것이었다. 기침이 났다. 폐가 불타는 듯했다. 메두스와 비슷한 종족 사람인 완이 바로 코앞에서 커다란 연보랏빛 호흡용 기체 덩어리에 파묻혀 있었다. 오크우같이 늘어진 촉수들은 없지만 그래도 지구의 우리 고향 가까이에 있는 호수에 살던 해파리를 거대하게 만들어놓은 것 같은 모습이었다. 완도 오크우가 쓰는 메두스 말을 할 줄 알았다. 내가 오크우를 만나러 여기까지 찾아온 적이 많아서 완도 나를 알았다.

"완, 오크우가 어딨는지 가르쳐줘." 내가 메두스 말로 들이댔다.

완은 복도 저쪽을 향해 그 기체를 뿜어냈다. "저기야." 완이 말했다. "오늘 디마 교수에게 과제 보여드리는 날. 상대는 잘랄이고."

나는 알아듣고 숨을 삼켰다. "고마워, 완."

하지만 완은 이미 승강기로 향하고 있었다. 나는 래퍼(직사각형 천 한 장을 몸에 둘러 입는 서아프리카 여성 의상—옮긴이)를 발목 위로 걷어 올리고 있는 힘껏 복도를 질주해갔다. 오른쪽과 왼쪽으로는 은하계 여러 곳에서 온 학생들이 이 구역에 배정된 교과인 방호 병기 과목 최종 과제에 힘을 기울이고 있었다. 오크우의 과제는 신체 장착 방호구였고 오크우의 친한 과 친구 잘랄은 전류였다.

오크우와 잘랄은 수업도 함께 듣고 같은 기숙사에서 지냈으며 과제도 긴밀히 협력해서 했다. 그리고 오늘에 와서는 움자 병기과 교육의 방식대로 서로를 상대 삼아 시험을 보게 되어 있었다. 나는 밀어냈

21

다 끌어당겼다 하는 경쟁적인 병기과 공부에 감탄했지만 수학 쪽은 조화가 더 중요해서 다행이었다. 오크우는 오크우이다 보니 교과 과정을 정말 좋아했다. 융통성 없는 냉정한 명예욕, 하나에 집중하고 전통을 중시하는 메두스니까. 문제는 오크우가 담당 교수를 몹시 싫어하고 데마 교수도 오크우를 몹시 싫어한다는 거였다. 오크우는 메두스이고, 인간 여성인 디마 교수는 쿠시 사람이었다. 그 둘의 종족은 서로를 증오했고 몇 세기 동안이나 서로 죽고 죽였다. 종족적 분노는 심지어 움자 대학행성에서도 살아 있었다. 그리고 오늘 그 증오심이 1년간 부글부글 끓어온 끝에 절정으로 치닫는 참이었다.

내가 시험장에 다다랐을 때 마침 오크우는 금속성 외피로 몸을 감싼 모습으로 희고 날카로운 침을 꺼내 디마 교수를 겨눈 참이었다. 겨우 한 자 거리에 디마 교수가 총을 닮은 커다란 무기를 양손으로 들고 이를 드러낸 채 씩씩거리며 서 있었다. 학기말 시험을 이렇게 보는 법은 없었다.

"오크우, 너 무슨 짓이야?" 잘랄이 메두스 말로 따

졌다. 그녀는 사마귀를 닮은 갈퀴 발로 끝에 불이 붙은 굵은 막대같이 보이는 걸 여러 개 든 채 한옆에 비켜 서 있었다. "그러다 교수님을 죽이겠어!"

"아예 끝을 보자고." 오크우가 메두스 말로 으르렁거렸다.

"메두스에겐 존중심이라는 것이 없지." 오크우의 담당 교수가 쿠시 말로 말했다. "너를 이 대학교에 들어오게 허락해준 이유가 뭔지 도무지 이해를 못 하겠다. 가르칠 수가 없는 놈을."

"난 학기 내내 당신의 모욕적인 발언들을 참아왔어. 끝장을 내주겠어. 당신네 종족이 이 대학교의 해충 노릇을 하지 못하게." 오크우가 말했다.

내 폐는 오크우가 교수를 공격할 준비를 하면서 끊임없이 내뿜는 기체 때문에 힘겨워했다. 오크우가 이 짓을 그만두지 않는다면 장내가 온통 그 기체로 뒤덮일 터였다. 디마 교수의 눈에도 눈물이 고인 걸 볼 수 있었고 그녀 역시 기침이 나는 걸 참는 차였다. 나는 오크우를 잘 알았다. 의도적으로 하는 짓이었다. 디마 교수의 얼굴에 떠오른 힘든 표정을 만끽하면서.

내가 뭔가를 할 시간은 몇 초밖에 없었다. 나는 오크우 앞으로 몸을 던져 병기가 장착된 장갑 밑에 드리운 그 녀석의 오쿠오코 앞 바닥에 몸을 쫙 깔았다. 나는 오크우를 올려다보았다. 내 얼굴에 얹히는 그것의 촉수들은 부드럽고 묵직했다. 메두스는 항복을 즉각 이해한다.

"오크우, 내 말 좀 들어봐." 내가 쿠시 말로 말했다. 움자 대학교에 온 후 나는 오크우에게 쿠시 말과 우리 부족의 오치힘바 말을 가르쳐주었는데 그 녀석은 양쪽의 발성을 다 싫어했다. 이건 부분적으로는 오크우에게는 그 어떤 언어의 발성도 메두스 말에 비해 열등하다는 것이 내 가설이었다. 거기에 더하여 오크우는 자기 오쿠오코 사이에 있는, 주위에 공기가 차 있는 환경에서 숨 쉬는 데 쓰는 기체를 내뿜는 관으로 말을 해야 하는데 그렇게 하는 게 어려운 데다 자연스럽지 못한 느낌이 들었다. 쿠시 말로 말을 거는 것은 오크우의 신경을 거슬리게 만들어서 주의를 끌어올 가장 좋은 방법이었다.

나는 흐름을 불러일으켰다. 고향에서 했던 그 어느

때보다 빠르게 나무 노릇을 했다. 지난 1년 동안 옥팔라 교수님한테 많은 것을 배운 터였다. 내 오쿠오코가 간질간질했고 흐름이 거기 접한 채 오크우의 오쿠오코로 뻗어갔다. 갑자기 나는 다시 그 분노를 느꼈고 저 깊은 곳에서 나의 어떤 한 부분이 단호히 비난했다. '부정하다. 빈티. 너는 부정해!' 나는 통제력을 유지하려고 안간힘을 쓰느라 이를 갈았다. 그렇게 못하게 되었을 때 나는 그냥 내질렀다. 나에게서 터져나간 내 목소리는 분명하고 컸다. 나는 쿠시 말로 소리 질렀다. "멈춰! 당장 그만둬!" 내 오쿠오코가 쫙 일어선 게 느껴졌다. 고향의 사막에서 종종 보던 교미하는 뱀 떼처럼 꿈틀꿈틀 움직이고 있었다. 미친 마녀 같은 모습일 게 틀림없었다. 기분도 꼭 그랬다.

그 즉시 오크우는 침을 내렸다. 기체를 뿜어내길 멈추고는 나에게서 떨어졌다. "그대로 있어, 빈티." 그것이 말했다. "내 장갑 건드렸다가는 너 죽어."

디마 교수도 무기를 내렸다.

침묵.

거기 바닥에 엎드린 채 내 뇌 속으로는 수학이 빙

25

글빙글 회오리쳤고 흐름은 1년이 지난 지금까지도 이 행성에서 단 하나뿐인 내 진정한 친구에게 닿아 있었다. 장내에 긴장감이 걷히는 게 느껴졌다. 나 자신도 겨우 긴장에서 놓여났다. 아무 때나 치미는 이상한 분노가 쑥 빠져나가자 눈 끝에서 안도의 눈물이 굴러내려갔다. 내 오쿠오코가 꿈틀거리기를 멈추었다. 동굴처럼 커다란 실습장에는 다른 이들도 구경을 하고 있었다. 그들이 말을 할 것이고 말이 날 것이다. 그러니 이 일은 인간이든 아니든 학생들이 나와 거리를 두도록 재차 일깨워주게 될 터였다. 설령 나에게 썩 호감을 가졌더라도 말이다.

오쿠우와 친한 과 친구 잘랄이 무기를 내려놓고 훌쩍 뛰어 물러났다. 디마 교수는 총을 바닥에 던지고 오쿠우를 손가락질했다. "너 그 갑주 굉장하구나. 여기에 벗어놓고 제조법을 내 파일에 다운로드해. 그렇지만 만약에 이 대학교 밖, 내가 네 선생이 아니고 네가 내 학생이 아닌 곳에서 마주치는 날에는 우리 중 하나는 죽을 거고 그게 나는 아닐 거다."

나는 오쿠우가 메두스 말로 교수에게 욕하는 걸 들

었다. 너무 심오한 말이라 정확히 뭐라고 한 건지 알아든지도 못할 정도였다. 막 나가는 오크우를 내가 뭐라 나무라기도 전에 디마 교수가 무기를 나꾸어 올려 오크우를 쏘았다. 무시무시한 충격파가 사방 벽을 뒤흔들고 학생들을 내빼게 만들었다. 오크우만 빼고. 그 녀석 왼쪽 바로 옆 벽에 키가 아홉 자에 지름이 다섯 자나 되는 해파리 닮은 오크우의 몸뚱이보다 더 큰 구멍이 나 있었다. 대리석이 큰 덩어리와 작은 부스러기가 되어 바닥에 구르고 돌가루가 자욱했다.

"빗나간 거 아니에요." 오크우가 쿠시 말로 얘기했다. 그 녀석의 갓이 진동하면서 촉수가 흔들렸다. 웃음이다.

몇 분 후에 오크우와 나는 병기 도시의 거꾸로 탑 5호를 뒤로했다. 나는 멍멍한 귀와 두통을, 오크우는 '방호 장비 101'의 최종 과제에서 '특등' 평점을 얻어 가진 채였다.

* * *

지면으로 올라와서 얼굴에 묻은 대리석 가루와 오치제를 닦아내면서 오크우를 보았다. 그러고는 말했다. "나 고향에 가지 않음 안 돼. 순례행에 나서야 하거든." 공기가 살갗에 와 닿는 느낌이 났다. 기숙사 방으로 돌아가 싹 씻고 나서 도로 오치제를 발라야지. 시간을 들여서 내 오쿠오코에 두껍게 이겨 붙일 것이다.

"순례행은 뭐하러?" 오크우가 물었다.

'나는 고향을 떠났기 때문에 부정해.' 나는 생각했다. '집으로 돌아가서 순례행을 완수하면 정화가 될 거야. 일곱께서 용서해주실 것이고 이 독한 분노에서 놓여나게 될 거야.' 물론 이런 이야기는 오크우에게 아예 하지 않았다. 나는 그저 고개를 젓고 물렁물렁하게 물이 찬 밤색 식물이 자라는, 역방향 탑 5호 위에 있는 밭으로 걸어 들어갔다. 이따금씩 나는 여기에 와서 이 식물들 위에 앉아 있곤 했다. 둥둥 뜨는 기분을 즐기노라면 예전에 고향에서 호수에 띄운 뗏목을 타고 앉아 있던 생각이 났다.

"나도 갈래." 오크우가 말했다.

나는 그것을 보았다. "쿠시 공항에 내리게 될 텐데? 우주선 탑승 허가를 받는다 쳐도 말이야. 그리고 그쪽에서들…."

"평화협정." 오크우가 말했다. "나는 우리 종족의 사절로서 갈 거야. 대 쿠시 전쟁 이후로 지구에 간 메두스는 없었어. 나는 평화 시에 가는 거지." 갓 속에서 굵은 둥둥 소리를 내더니 이렇게 덧붙였다. "그렇지만 쿠시가 전쟁을 걸 거라면 나도 장단을 맞춰 휘저어주겠어. 네가 오치제를 휘젓듯이 말이야."

내가 콧방귀를 뀌었다. "그럴 일은 없어, 오크우. 평화협정이면 충분할 테니까. 특히 움자 대학교가 이 나들이에 힘을 실어준다면 말이지. 그리고 나랑 같이 가는 거잖아." 내가 빙긋 웃었다. "우리 가족들 만나볼 수 있어! 내가 구경도 시켜줄게. 내가 자란 곳이랑 시장이랑… 그래, 좋은 생각이다."

옥팔라 교수님은 허락해줄 게 틀림없었다. 조율사는 조화를 이뤘다. 오크우를 자기 종족과 싸웠던 종족의 땅으로 평화 시에 데려가는 것은 훌륭한 수학 학생 되기의 일환으로 아카데미 과정 중에 해야 한다

고 당부한 열 가지 선행 중 하나가 될 터였다. 그건
또 내 순례행의 준비로서 하게 될 '대단한 일'로도 꼽
을 수 있을 것이었다.

인간들이란 항상 쇼를 하지

2주 후 나는 운반기 동력을 넣고 소리 없는 기도를 올렸다. 일곱은 내 고향의 흙에 깃들어 있고 나는 행성 여러 개만큼이나 멀리 와 있는 터였다. 그런데 일곱께서 내 기도를 듣기라도 할까? 나는 들을 것이라고 믿었다. 일곱은 한꺼번에 여러 장소에 있을 수 있으며 모든 장소를 동반한다. 나를 보호해줄 것이다. 왜냐하면 나는 집으로 돌아가는 힘바 사람이니까.

그런데도 내 운반기는 반응이 없었다. 나는 그대로 서서 숨이 탁 막힌 채 크기가 동전만 한 그 납작한 돌덩어리를 노려보았다. 딱딱한 껍데기로 된 파드를 굴려서 승강기에 들이고 그런 다음에는 기숙사 홀을 가로질러 입구까지 가져왔다. 그러느라 힘을 써서 땀이 찼고 짜증이 일었다. 그런데 이 꼴이다. 왕복선까지는 반반하지 못한 돌투성이 길을 반 마일이나 걸어가야 한다. 우주선에서 여러 날을 지내게 될 테니 그 전에 신선한 공기를 마실 작정이었다. 그런데 이 무거운 여행용 파드를 밀면서 그 길을 다 가려면 하여튼 걸어가는 길이 그리 상쾌하지는 못하게 되었다. 나는 무릎을 땅에 짚고 응답기를 건드렸다. 또 한 번.

아무 반응 없다.

세게 눌렀다. 그런다고 더 잘 될 일이 아닌 줄을 알면서도 그랬다. 응답기를 작동하게 하는 건 내 집게손가락 지문이지 접촉에 실린 압력이 아니었다.

아직도 반응이 없다.

얼굴에 열이 올랐고 나는 화가 나서 스읏 소리를 냈다. 그리고 발을 뒤로 당겨 운반기를 있는 힘껏 걸어찼다. 운반기가 총알처럼 수풀 속으로 날아갔다. 나는 입을 딱 벌린 채 얼어붙었다. 내가 한 짓이, 그리고 그 행동이 준 깊은 만족감이 어이가 없었다. 그

러고 나서는 수풀 속으로 달려 들어가 지면 가까이
나 있는 잎들을 이리저리 제쳐보았다. 제발 그 쬐끄
만 것이 눈에 띄어주길 바라면서.

"하지 마. 우주선에 타기도 전에 옷 다 버리겠다."
뒤에서 누가 말을 걸면서 힘센 두 손으로 내 어깨를
붙들어 부드럽게 뒤로 끌어냈다. 그 사람은 하이파,
오크우와 함께 병기학을 공부하는 쿠시족 학생이었
다. "내가 도와줄게."

"왕복선 정거장까지 그 먼 길을?" 내가 웃음을 터
뜨리며 물었다.

"하루 종일 공부만 했거든. 운동이 필요해." 하이파
는 몸에 딱 붙는 녹색 바디수트를 입고 있었다. 소재
가 어찌나 얇은지 길고 우아한 팔다리에 불거진 근육
들이 다 보였다. 천문의는 옷에 박혀 있는 클립에 물
려놓았다. 내가 있는 기숙사 학생들의 천문의는 거의
다 그렇지만 내가 손을 봐서 디자인과 성능을 향상시
켜준 물건이라 지금 하이파의 천문의는 윤을 낸 금속
같이 반짝반짝 빛이 났고 남 보기에 지겨울 정도로 꼼
꼼한 그녀의 사고방식에 훨씬 더 잘 맞게 작동했다.

하이파는 나보다 훨씬 키가 컸고 몸 움직이는 게 너무 수월해 노상 움직이지 않고는 못 버티는 그런 사람들 중 한 명이었다. 나와 처음 만난 날 하이파는 내 오쿠오코에 대해 잔뜩 질문을 하고 난 후에 자기는 원래 여자 맞는데 신체적으로는 남성으로 태어났다고 말했다. 나중에 커서 열세 살 때 신체를 성전환해 여성으로 성별 재지정을 받았다고 했다. 하이파는 내가 등에 침을 쏘여서 부분적으로 메두스가 된 것보다 자기가 재지정받기까지의 과정이 더 오래 걸렸다고 농담을 했다. "그래도 그래서 내가 이렇게 키가 크는 거야." 하이파가 큰소리쳤다.

매일 아침 하이파는 몇 킬로미터나 조깅을 하고 길 끝 벌목장에 가서 통나무를 들었다. "다른 데서 온 사람들과 경쟁이 되려면 말이야." 이제 내 파드를 찾아 걸음을 내디디면서 그녀가 말했다. "인간이 되어서 병기과 다니기가 쉽진 않아. 우린 참 약하다니까. 그것도 그렇고 너한테는 신세를 졌잖니." 자기 천문의를 가리켜 보이며 말했다.

내가 미처 '찾았구나' 하는 말을 꺼내지도 못했는데

하이파는 벌써 내 파드를 굴리기 시작했다. 굵게 땋은 검은 머리 가닥들이 출렁출렁 등에 튕겼다. 하이파가 갈 때 나는 집게손가락으로 이마에 바른 오치제를 쓸어내어 무릎을 꿇고 움자의 붉은 흙에 그 손가락을 댔다. 그리고 오치제를 땅에 문질러 넣었다. "고 맙습니다." 내가 속삭였다. 길고 붉은 오렌지색 비단 래퍼 옆으로 가방을 바싹 붙여 들고 하이파를 따라잡으려고 달려갔다.

"너희 가족들이 그 새로 한 머리 맘에 들어할 것 같니?" 돌투성이 길로 파드를 밀고 굴리고 하면서 하이파가 물었다. 우리가 지나가는 바람에 커다란 다육식물이 자기 가지 하나를 끌어당겼다.

"머리카락 아니야." 내가 말했다. "이건…"

"알아, 알아." 눈을 굴리면서 하이파가 말했다. "메두스가 너한테 그런 짓을 하는데 가만히 있었다니 믿어지지가 않네. 이제 넌 힘바 사람이면서 동시에 그 이상한 새끼들 중 하나가 됐잖아. 뭐 그래도 죽는 것보다는 낫겠지."

나는 큭큭 웃었다. "훨씬 나아."

"근데 뭐가 어떻게 됐기에 이렇게 금방 귀향을 하니?" 하이파가 물었다.

나는 유난히 큰 돌 하나를 밟고 올라섰다. "그냥 때가 맞아서."

하이파는 내 파드를 굴리면서 어깨 너머로 날 보았다. "그 괴물이 안 도와주네? 너 가는 줄 알긴 알아?"

내가 눈을 굴렸다. "오크우는 이착륙항에서 만날 거야."

"그 자식 학기말 시험에 어떻게 과 최고점을 받은 거야? 교수에게 뇌물 썼단 이야기가 들리데."

보조를 맞추려고 이제 거의 뛰다시피 하면서 나는 깔깔 웃었다. "들리는 얘기라고 다 믿진 마."

"아니 그냥 커다란 총을 항상 들고 다닐까 봐. 누구든지 사실만 말하게." 하이파가 파드를 훅 밀면서 말했다.

왕복선 역까지 한 100미터 남았을 때 하이파는 하던 데서 한술 더 떠 내 파드를 번쩍 들고 전력 질주를 했다. 왕복선 역 앞에 다다르자 그녀는 파드를 내려놓고는 우아하게 뒤로 공중제비를 넘었고 신이 나서 펄쩍 뛰더니 착 소리가 나게 발뒤꿈치를 맞붙였다. 왕복선 승강장에서 기다리던 사람들 몇이 휘파람을 불고 섬광을 쏘고 촉수를 찰싹찰싹 치고 하면서 갈채를 보냈다. 하이파는 연극적인 절을 해 보였다. "난 멋져." 뒤따라 걸어간 나에게 하이파가 선언했다.

두 자짜리 사마귀같이 생긴 사람 하나가 강력한 앞다리로 찰칵 소리를 냈다. 짜랑짜랑한 음성으로 그이가 말했다. "인간들이란. 항상 쇼를 한다니까."

왕복선이 도착했고 매끄러운 녹색 기름 길을 활주해 들어왔다. 기다리고 있던 다섯 명은 일시에 서둘러 탑승했다. 나는 맨 마지막으로 던지기 식물들의 피 냄새를 맡지 않으려고 코를 꼭 잡은 채 올라탔다. 하이파가 내 파드를 실어주었고 한 번 꽉 안아준 다음 누가 쏘아내기라도 한 것처럼 입구 가까이 뚫린 커다란 원형 창밖으로 훌쩍 뛰어나갔다. 얼마 지나지 않아서 왕복선이 움직이기 시작했다. 원래 오래 대기 안 했다. "오크우한테 내 욕 전해줘!" 왕복선이 옆으로 지나갈 때 하이파가 소리쳤다. 그녀는 왕복선 옆에서 달리기 시작했고 잠깐 동안은 나란히 달렸다.

"그럴게." 내가 말했다.

"안전한 여행을 빈다, 빈티! 두려울 것 없어, 숙련 조율사 친구. 넌 우주가 체질에 맞아!" 하이파가 외쳤고 곧이어 왕복선이 떠나며 일으킨 거센 바람에 그녀의 굵게 땋은 머리채가 뒤로 날렸다. 나는 옆 난간을 붙든 채로 몸을 돌려 우리 왕복선이 속도를 더하여 멀어져 가도록 그녀에게서 눈을 떼지 않았다. 하이파의 모습이 사라졌다. 왕복선이 오늘의 항행 속도인 시속 1100킬로미터에 다다랐기 때문이었다.

나는 왕복선이 승객들을 안정시킬 때면 들곤 하는, 머릿속이 휑해지는 기분을 느끼면서 잠시 거기 서 있었다. 그러고 나서는 얼른 지정된 좌석인 창가 자리로 갔다. 털이 북슬북슬한 사람 둘 사이를 비집고 들어가야 했는데 그러다 내 오치제가 털북숭이 발에 스쳐 벗겨지고 내 오쿠오코 한 가닥은 털투성이 얼굴을 쓸고 말았다.

"미안해요." 그르렁거리는 소리에 답하여 내가 말했다.

"네 얘기는 들었다." 한쪽이 거친 메두스 말로 말했

다. "영웅이더라? 그렇지만 이렇게… 진흙 범벅일 줄은 몰랐네."

"진흙 아니에요. 이건…." 나는 한숨을 쉬며 미소 짓고는 그냥 이렇게 말했다. "고맙습니다." 그 둘의 천문의가 같이 울리기 시작했다. 그들은 천문의를 붙들고는 자기들끼리, 그리고 앞쪽에 영사된 다른 사람 네 명도 넣어서 내가 알지 못하는 언어로 또다시 대화를 나누기 시작했다. 나는 앉아서 창 쪽을 보았다.

15분이 지나 왕복선이 병기 도시에 섰고 나는 오크우와 만났다. 오크우는 담당 교수를 보고 오는 길이었다. 어떻게 된 일인지 둘이 서로 상대방을 죽이지는 않은 모양이니 고마운 일이었다. '언젠가는 메두스도 쿠시도 각자 자기 마음이 극복이 되겠지.' 나는 생각했다. 평화협정이 좋은 출발점이다.

한 시간 후 우리는 우주선 발사역에 다다랐다. 속이 안 좋아진 건 그때부터였다.

* * *

나를 진찰한 대학교 의료센터의 의사 세 사람은 지난해 우주선에서 일어났던 일 때문에 나한테 외상후스트레스장애가 있다고들 했다. 처음 몇 주 동안은 그냥 괜찮았다. 그런데 차차 악몽을 꾸기 시작하고 대낮에 가슴이 섬뜩하고 빨간색이 보이는가 하면 헤루의 가슴이 쫙 벌어지던 광경이 눈앞에 삼삼했다. 이 이야기는 누구에게 한 적 없지만 가끔은 오크우를 보기만 해도 욕지기가 치밀었다. 그리고 좀 지나자 평소에는 차분한 내 마음에 아무 때나 뜬금없이 침범해 들어오는, 팽팽한 긴장감을 불러일으키는 분노가 생겨났다.

결국 오크우와 나는 수학과와 병기과에서 상담치료사를 만나보라는 지시를 받았다. 오크우는 상담을 어떻게 받았는지 언급하는 법이 없었고 나도 물어보지 않았다. 메두스에게 그런 일은 묻는 게 아니다. 과연 자기 가족 누구에게라도 얘기를 했을지 의심스럽다. 마찬가지로 오크우도 내가 받은 상담들에 관해 절대 묻지 않았다.

내 상담치료사는 이름이 사이디아 은와니라고 했

다. 키가 작고 땅딸막한 쿠시 여자로 근처에 사람이 없으면 혼자 노래 부르기를 좋아하는 분이었다. 이 사실을 알게 된 건 맨 처음 상담실을 찾아갔을 때였다. 은와니 박사님의 상담실은 수학 도시에 있어서 우리 강의실에서 도보로 5분 거리였다. 그날 나는 기분이 편치 않았다. 메두스와 비슷하게 우리 가문에서도 웬 낯모르는 사람한테 가서 깊디깊은 속 이야기를 하거나 두려움을 쏟아놓지 않는다. 가족 중 한 사람을 찾든가 그러지 않을 거면 속에, 마음속 저 깊은 곳 심장 가까이에 고이 담아둔다. 설령 안에서 살을 찢고 터져 나오는 한이 있더라도 말이다. 아무튼 난 고향에 있는 게 아니고 대학교 당국에서 상담치료사 만나는 일을 내 선택에 맡긴 것도 아니었다. 그건 명령이었다. 거기에 더해서 무지하게 불편한 기분이 든 게 사실이긴 하나 나도 도움을 받을 필요가 있다는 건 알고 있었다.

그렇게 해서 그분 상담실을 찾아갔을 때 박사님이 노래하는 소리가 들렸다. 나는 멈춰 서서 귀 기울였다. 그러자 눈물이 나왔다. 그녀가 부르고 있는 노래는 쿠시족의 옛 노래로 쿠시 여자든 힘바 여자든 여자들이 일곱과 대화하러 사막으로 들어갈 때 부르던 노래였다. 나도 어머니가 사막에 갔다 오시면 매번 몇 주 동안이나 이 노래를 부르시던 걸 듣곤 했다. 우리 큰언니가 가게에서 천문의 부품을 윤내면서 혼자 부르던 것도 들었다. 나 역시 몰래 슬쩍 사막에 들어갈 때면 꼭 이 노래를 불렀더랬다.

　나는 볼을 축축하게 해가지고 은와니 박사님 상담실로 들어섰고 박사님은 빙그레 웃으며 힘 있게 악수를 한 후 내 뒤로 문을 닫았다. 그 첫날에 그분과 나는 약 한 시간 동안 우리 집 식구들에 관해, 힘바족 관습에 관해, 힘바든 쿠시든 가문에서 특히 딸들에게 거는 융통성 없는 기대치에 관해 이야기를 나누었다. 이야기 상대로서 굉장히 편한 분이었고 나는 쿠시족에 대해서 내 평생 배운 것보다 그날 하루에 더 많은 걸 알 수 있었다. 어떤 면에서는 힘바와 쿠시가 밤과 낮처럼 딴판이지만, 여자아이와 어른 된 여자 그리고 통제에 관해서는 이쪽이나 저쪽이나 똑같았다. 이게 얼마나 놀랍던지. 그 첫날에 우리는 우주선에서 일어났던 일 이야기는 하지 않았는데 나로서는 다행이었다. 마치고 나서 기숙사에 있는 내 방으로 걸어오는 동안 고향 집과 가까운 장소에 갔다 오는 듯한 기분이 들었다.

차츰차츰 우리는 배에서 내가 겪었던 일을 깊이 파고들어갔고 그러면서 그야말로 날것 그대로인 내 내면이 끌려 나왔다. 은와니 박사님과 함께한 그 몇 달을 거치며 나는 잠들기가 왜 그리 어려웠는지, 왜 아무 이유 없이 심장이 그리 거세게 뛰곤 하는지, 태양열 왕복선 승강장에서 그렇게 힘들었던 건 왜인지, 우주선을 탄다는 생각조차도 못 하겠는 이유가 뭔지 알게 되었다. 하지만 지금은 속에서 무언가가 바뀌었다. 나는 집에 갈 준비가 되어 있었다. 꼭 집으로 가야만 했다.

오크우가 교수와 한판 벌인 다음 날 나는 하라스 총장님과 약속을 잡았다. 총장님을 만난 나는 사정이 절박하다는 이야기를 했고 총장님은 이해해주었다. 일주일이 채 못 되어 대학교에서 오크우에게 출장 허가를 내주고 쿠시 도시인 코쿠리와 우리 고향 마을인 오셈바에 오크우가 사절로서 방문하는 것을 허락하는 동의를 받아주었다. 오크우는 평화 시에 쿠시 땅에 가는 첫 메두스가 될 참이었다.

이런 합의가 순식간에 이루어진 게 놀라웠지만 나는 개의치 않았다. 운이 따르는데 거기다 대고 이러니저러니 할 일이 아니다. 고향이 부르고 있었다. 다른 힘바 처녀들과 어른 여자들과 함께 들어가게 될 사막이 부르고 있었다. 오크우와 나는 학기가 끝나고 오래 있지 않아서 지구로 갈 표를 끊었다. 은와니 박사님은 그렇게 금세 가버리려는 나를 말렸지만 내가 우기고 우기고 또 우겼다.

"숨은 꼭 착실하게 챙겨 쉬어요." 여행길에 나서기 전 상담실을 나서는 나에게 박사님이 말씀하셨다. "숨을 쉬세요."

발사

나는 오크우를 따라 움자 대학행성 서부 이착륙항의 거대한 입구로 들어갔다. 눈썰미가 좋은 나는 들어선 즉시 하차장과 발권소와 탑승수속처와 여객터미널을 거쳐 저 뒤편에 정박해 있는 우주선들까지 가는 길을 파악했다. 나는 입을 벌려 폐 가득하게 깊이 숨을 들이쉬다가 그만 심한 기침을 하고 말았다. 오크우가 하필 그때 기체를 큼지막한 덩어리로 뭉실 뱉어냈던 것이다.

간신히 기침이 멎고 정박한 우주선들에 눈의 초점이 맞자 내 심장은 가장 힘센 북잡이가 치는 북인 양

쾅쾅 뛰기 시작했다. 나는 한쪽 뺨의 오치제를 집게 손가락에 조금 묻혀내어 코에 대고서 숨을 들이쉬고 내쉬고, 들이쉬고 내쉬어 그 좋은 향기를 맡았다. 심장의 거센 박동은 이어졌지만 적어도 약간 느려지기는 했다. 오크우는 이미 탑승수속대에 가 있었고 나는 재빨리 오크우 뒤로 갔다.

움자 서부 이착륙항은 예전에 고향에서 본 코쿠리 이착륙항과 완전히 딴판이었다. 크나큰 규모에 숨이 탁 막혔다. 움자 대학행성에 온 이래로 나는 전에는 상상조차 해본 일 없을 정도로 규모가 큰 건물들을 봐왔다. 사막의 광활함은 그런 건축물들을 간단히 능가하지만 사막이 일곱의 창조물인 데 반해 이 건물들은 그렇지 않았다.

움자 서부 이착륙항의 굉장한 규모는 그 여행객의 다양함에 비하면 한 수 밑이었다. 전에 코쿠리에서는 여행객이고 직원이고 간에 거의 다 인간이었고 쿠시의 바다에서 나만이 힘바였다. 여기에서는 모두가 제각각이었다… 적어도 아직 낯선 내가 보기에는 그랬다. 나는 열일곱 살인데 움자 대학행성에 와서 보낸

건 열일곱 해 가운데 이제 딱 한 해이고 그전의 해들은 지구의 오셈바 마을 속에 스스로 고립된 우리 힘바족 가운데서 보냈다. 나는 코쿠리라는 쿠시족 도시도 거의 알지 못했다. 우리 고향에서 겨우 50킬로미터 거리였는데도 말이다.

이착륙항은 거품이 여러 개 뭉쳐 있는 듯한 모습으로, 각 구역마다 이송 중인 이들이 대기할 장소가 마련돼 있었다. 내가 아예 들어가지도 못할 터미널들도 있었다. 그 터미널들 안을 채운 기체가 나는 숨을 쉴 수 없는 기체이기 때문이다. 터미널 하나는 두꺼운 유리로 막혀 있는데 안쪽에 무슨 뻘건 회오리바람이 온통 몰아치고 있는 것 같고 거기 들어가 있는 사람들은 곤충들처럼 날아다니고 있었다.

줄 서서 주위를 둘러보기만 해도 여러 가지 외양과 체구와 생리와 파장과 종족의 사람들이 보였다. 그렇지만 나 같은 사람은 안 보였다. 그리고 설령 내가 힘바족 동포를 본다 한들 머리카락 대신에 메두스 촉수가 달린 사람을 볼 수 있을 리야 만무했다. 다양성이 넘치고 움직임이 가득한 이 장소에 와 있노라니 압도 되는 기분이었지만 한편으로는 편안함도 느껴졌다…
우주선들을 눈앞에서 보지 않는 한은.

　"빈티와 오크우?" 발권 담당자가 굉장히 반가워하
면서 그 커다란 갓에 달린 작은 상자를 통해 메두스
말로 말했다. 그녀는 오크우와 어느 정도 닮은 생물
이었다. 해파리같이 생겼고 크기는 저장고만 하고.
다만 갓 부분이 진한 검은색이고 중앙부에 더듬이가
한 개 있어서 그 끝에 큼지막한 노란 눈이 달려 있었
다. 지난 한 해 사이에 알게 된 바로는(그냥 말로 들은
것뿐이지만) 이 분류 사람들의 여성에게는 노란 눈이
달린 긴 더듬이가 있었다. 남성들은 그저 갓에 큼지
막한 녹색 눈 하나가 있을 뿐이고 더듬이는 없다. 이
여성은 신이 나서 오크우와 나를 빤히 쳐다보는 데다
자기 눈을 썼다.

　"네." 내가 우리 부족 말로 응답했다.

　"어머나, 이것 참 너무 반갑군요." 그이도 오치힘
바로 언어를 바꾸어서 말했다. "오늘 내 남자 짝들 전
부에게 얘기해줄래요… 어쩌면 여자 짝들 몇 명한테
도 말할지 몰라요!" 그러곤 잠깐 접수대에 놔둔 자기

천문의를 보았고 그런 다음에는 접수대에 내장된 화면을 보았다. 화면은 낮게 진동하더니 복잡한 빛 무늬가 번쩍 떠올라 작은 동그라미를 그리면서 빙글빙글 돌았다. 그걸 보고 있으려니 조율사인 내 정신은 저절로 그 도형 하나하나에 번호를 매기고 움직임 하나하나에 방정식을 대응시키게 되었다. 담당자는 도로 메두스 말로 바꾸어서 말했다. "오늘 탑승하실 편은…." 그러곤 말을 끊고 커다란 기체 덩어리를 펑 하고 뿜어냈다. "두 분이 탑승하실 편은 인간 대응 우주선 '세 번째 물고기' 호예요. 이 선편으로…."

내 가슴 속의 둥둥거리는 북이 다시금 힘들어하는 박자를 치기 시작했다.

"우리가 올 때 타고 온 우주선이군요." 오크우가 말했다.

"맞아요. 물고기가 그때 참사를 겪긴 했는데 아직도 항행하길 좋아하네요."

나는 고개를 끄덕였다. '세 번째 물고기'는 살아 있는 존재다. 그런 일이 일어났다고 해서 죽거나 날아다니기를 그만두거나 했을 까닭은 없다. 그렇기는 하지만 타고 여행할 하고많은 우주선 중에서 하필이면 그 안에서 그렇게 많은 죽음이 있었고 우리 둘이 다 하마터면 죽을 뻔했던 바로 그 배가 걸릴 게 뭐람?

"이…, 이 선편으로 괜찮겠어요?" 담당자가 물었다. "대학에서 두 분에게 평생 기한의 여행 특혜를 부여해줬으니 어떤 배든 타고 싶은 대로 수속해줄 수 있어요. 하지만 시간적으로…."

"난 상관없어." 오크우가 말했다.

나는 끄덕였다. "그래, 나도 괜찮아. 신령들과 죽은 이들의 혼령들은 놓여난 그 자리에 머물러 있지 않아." 내 오른눈이 살짝 움찔한 게 느껴졌다.

"그럼 됐네." 발권 담당자가 말했다. "두 분 모두 조종사실에 가까운 특실에 배정돼 있어요."

나는 머뭇거리다 나섰다. "혹시 이곳으로 올 때 배정받았던 그 객실을 받을 수도 있을까요?"

담당자의 눈이 내 쪽으로 굽어져오고 그녀가 조그마한 기체 구름을 뱉어냈다. "아니, 왜요? 아… 그러니까, 정말 그러고 싶어요?"

내가 고개를 끄덕였다.

"퍽 작은 방이고 일하는 사람들 구역 가까이에 있어요." 담당자가 말했다. "그리고 보안 문들이…"

"알아요. 그 방으로 주세요." 내가 말했다.

담당자는 끄덕이고는 자기 천문의를 보고 이어서 화면을 보았다. "그 방으로 잡아줄 수 있어요. 하지만 위치가 좀 달라졌는데 그래도 상관없는 거면 좋겠네요."

나는 눈살을 찌푸렸다. "그게 무슨 얘긴가요?"

"세 번째 물고기호는 임신 중이라 지구에 당도하는 대로 출산을 할 거예요. 태어나는 새끼는 지구의 미리12 우주선단에 대단히 값진 자산이 되겠지요. 새끼를 배고 있다는 것은 곧 세 번째 물고기가 더 빠르게 항행할 거라는 얘기라 이건 승객들에게 잘된 일이지요. 하지만 그건 또 내부 공간이며 구획된 선실들 위치가 좀 달라져 있고 좀 더 비좁을 거라는 얘기이기도 하죠."

"어째서 더 빠르게 항행하나요?" 순전한 호기심에서 물어보았다.

"지구에 빨리 당도하면 당도할수록 빨리 새끼를 낳

을 수 있으니까요." 담당자가 빙그레 미소 지으면서 말했다. "멋지지 않아요?"

나도 똑같이 웃음을 띠고 고개를 끄덕였다. 정말로 멋졌다.

* * *

"두 분의 탑승을 환영합니다."

한참을 걸어가서 반 시간이 지나 승강구에 이른 우리를 보고 탑승 보안 검사원이 쿠시 말로 말했다. 그 사람은 인간이고 나이대가 우리 아버지와 비슷했다. 턱수염이 기다랗고 하얀 쿠시식 옷을 걸치고 있었다. 빠르게 뛰는 내 심장은 그 사람을 본 것만으로도 달싹했다. 움자 대학행성에서 이런 옷을 입은 사람은 거의 없어서 불현듯 전에 없이 고향에 가까이 온 기분이었다.

"고맙습니다."

내가 말하면서 내 천문의를 검색하도록 그에게 넘겨주었다. 움자 대학행성에서는 인간은 모두 다 그리고 인간 외 종족도 많이들 천문의를 사용하고 있고 아주 일상적으로 천문의 검색을 하기 때문에 이제 처음 고향을 떠나오던 그때처럼 검색받는 게 신경 쓰이진 않았다.

나는 힐끗 오크우를 돌아보고 소곤거렸다. "고맙습니다 정도는 좀 해." 그렇지만 오크우는 아무 말도 하지 않았다. 보안 요원이 자기를 쳐다보지도 않고 자기가 쓰는 말로 직접 자기한테 말을 걸지도 않았다는 점이 마음에 안 드는 게 분명했다.

"메두스는 워낙 자긍심이 넘쳐서 천문의를 안 쓰지요. 그러니까 보안 검색의 이 부분은 해당되지 않아요." 보안 검사원이 말했다. 오크우가 꽁해 있는 걸 눈치챈 게 틀림없었다. 검사원은 내 천문의를 돌려주었다.

그걸 받으면서 나는 그 사람 뒤로 나 있는 세 번째 물고기호의 입구를 보았다. 안으로 통하는 복도는 1년도 더 지난 그 운명의 날 그랬던 것과 똑같이 따스한 푸른색이었다. "그렇군요." 내가 손을 저으면서 말했다. "다행이네요." '저기가 내가 나왔을 때도 파랬던가?' 천문의를 내 에단을 넣은 쪽 주머니에 마저 넣으면서 나는 궁금하게 생각했다. 기억해낼 도리가 없었다. 아예 주의를 기울이지 않았으니까. 나에게는 걱정해야 할 다른 일들이 있었다, 전쟁이 일어나지 않게 해봐야겠다든가 하는 그런 일 말이다. 그런데 보안 요원의 제복 위 무언가 빨간 것이 내 눈을 끌었다. 그 조그마한 빨간 딱정벌레에 시선을 둔 순간, 쉬던 숨이 가슴 속에서 탁 막혔다. 딱정벌레는 그 사람 심장이 있을 그 위치에 붙어 기어가고 있었다. 흰옷 위에 빨간 점. 흰 바탕에 빨간 점. 나는 찡그렸다. 무엇이 닥쳐올지 알지만 멈출 힘이 없었다. 나를 후려친 플래시백은 너무나도 강렬해서 몸이 흠칫 뒤틀렸다.

'헤루의 호리호리한 가슴통.

그 애의 카프탄은 흰색이었지.

빈 화면 위 커서처럼 빨간 점 하나가 나타났지. 왼쪽에.

왼쪽.

왼쪽. 그 애의 심장이 살아 있던 거기.

심장은 뛰고 있었어. 차분하게. 행복하게.

그런데 느닷없이 근육이, 찢겨 뚫린 근육이 됐어.

메두스의 침은 흰색이고 피에 쉽게 물들었지. 피어오른 그 빨간 점은 사막에서 자라나곤 하는 덤불에 핀 장미꽃 같았어.

헤루의 피. 얼마간은 내 얼굴에 튀겼어. 헤루의 심장이 찢길 적에, 내 마음이 부서질 적에.

다섯다섯다섯다섯다섯다섯다섯다섯다섯다섯다섯다섯다섯다섯다섯다섯다섯다섯다섯.'

"나미브의 빈티?" 보안 검사원이 물었다.

나는 헤루의 부모님과 두 번 이야기했다. 첫 번째에는 헤루 어머니가 가상현실 화상을 통해 나를 물끄러미 바라보고만 있다가 큰 소리로 울었다. 대놓고 거침없이 그분은 나를 응시했다. 손을 뻗어서 내 눈을 통해 아들에게 닿을 수 있을 것처럼. 두 번째엔 헤루의 남동생, 헤루보다 겨우 한 살 밑인 동생이 전화를 걸어서 마지막 순간에 관하여 세세한 것까지 빠짐없이 몽땅 얘기를 해내라고 했다. 헤루 동생은 그러다가 내가 흐느껴 울게 되고 또 일주일을 꼬박 악몽으로 가득 찬 밤들을 보내게 될 것 따위는 개의치 않았다. 그리고 나도 그런 건 상관없었다. 헤루의 남동생은 너무나도 헤루를 닮은 모습이었다. 희끗희끗 다른 색이 섞인 검은 머리와 무성한 눈썹이 헤루와 똑같았다. 그 두 통의 전화 이후로 나는 헤루네 식구들에게서 아무 소식을 듣지 못했다.

"나미브의 빈티?" 검사원이 재차 물었다.

"아." 나는 그러면서 고개를 들었다. 나 자신을 다그쳐 정신을 차렸다. "죄송해요."

"승선하세요."

"고맙습니다." 내가 말했다. 나는 오크우를 돌아봤고 또 하나의 고약한 플래시백에 빠져들지 않기 위하여 몇 초 동안 그것을 바라보고 있어야 했다. 이번엔 오크우에 관한 기억, 오크우가 처음에 날 죽이려고 그랬던 때의 일이다. 그걸 넘기고 나서 나는 메두스말로 그것에게 말했다. "친구야, 너 먼저 타."

* * *

문턱을 넘어 선내로 발을 디디는 것은 그만하면 쉬
웠다. 가슴 속 둥둥거리는 북이 느껴져왔지만 그게
다였다. 오크우는 우주선 안 다른 쪽에 있는 자기 방
으로 스르르 떠갔고 나는 혼자가 된 게 기뻤다. 혼자
있을 필요가 있었다. '이 일'은 혼자 겪어야 하는 것이
었다.

나는 잠자는 방들로 이어지는 복도에서 몇몇 사람
들을 지나쳤다. 다시 그렇게 많은 수의 인간들 사이
에 있게 되니 기분이 이상했다. 지나치게 조용했다.
나는 입고 있는 비단 숄을 바싹 여며 잡았다. 사람들
눈이 내 오쿠오코와 오치제로 덮인 피부에 머무는 게
느껴졌다. 특히 두 팔, 목 그리고 얼굴에. 움자 대학
행성의 여러 종족들 가운데서 지낸 나지만 이렇게까
지 낯선 존재가 된 느낌은 오랜만에 들었다.

나는 내 방문을 본 즉시 숨 쉬는 법대로 숨을 쉬기
시작했다. 나무 노릇을 한다면 내 공포심을 한껏 체
험할 수 없을 것이고 그렇게 되면 그걸 올바르게 갈

무리할 수 없을 터였다. 이건 은와니 박사님이 해보라고 한 일 중 하나였다. 꼭 이 시점에 하라고 한 것은 아니고(선생님은 내가 이번 여행 가는 것을 탐탁해하지 않았다) 그런 식으로 해야 한다고 한 것뿐이지만. "가장 깊은 두려움을 마주하게 되거든, 준비가 되었거든 고개를 돌려버리지 마요." 은와니 박사님은 말했다. "당당하게 서서 버티면서 똑바로 마주하세요. 그 경험을 거치고 나면 그 두려움들이 다시는 학생을 해치지 못할 거예요."

나는 문으로 가면서 폐를 가득 채우도록 깊이 숨을 들이마셨다. 그랬는데도 온몸에 세차게 진저리가 쳐져 나는 금으로 된 벽에 기대어 몸을 지탱했다.

"만사 문제없어." 나는 오치힘바로 입속말을 했다. 메두스 말로 바꾸어 말해보았다. "만사 문제없어." 하지만 만사 문제없지가 않았다. 나는 문으로 걸어가고 있었다. 등을 꼿꼿이 펴고 머릿속엔 방정식들이 가득한 채로. 나는 식당에서 가져온 음식이 무겁도록 얹힌 쟁반을 들고 있었고 우주선 안 탑승자는 전원 사망했다. 메두스 침에 가슴들이 쩍쩍 갈라져 죽었다.

메두스족이 '무즈하 키비라', '큰 물결'을 시연했던 것이다.

벽에 몸을 기댄 채 나는 나 자신을 밀어붙여 내 선실 문에 바싹 다가섰다. 나를 빤히 쳐다보는 조그만 어린애를 동반한 한 여자가 옆으로 지나가면서 인사말을 건넸고 문 몇 개 건너 있는 자기 선실로 들어갔다. 그 여자가 들어간 후 선실 문이 잠기자 복도가 잠잠해졌다. 저절로 닫히는 문에서 난 쉬이이이익 소리가 내 주위에 온통 메아리치는 느낌이었다. 눈물이 고여 온 눈에 별이 보이기 시작했다.

'헤루.

헤루는 사랑스러웠지. 난 그 애가 좋았어.

그런데 그 애 눈빛은 바뀌었지. 어느 메두스가 그 애 심장을 찔러 찢으면서. 내 동기생이 되었어야 할 내 친구들 모두가. 죽었지. 움자에 내 학년 인간은 나 하나야. 다른 애들은 전부 죽었으니까. 전부 죽었어.'

나는 지금 그들의 피 냄새를 맡을 수 있었다. 뚝뚝

떨어지던 소리가 들렸다. 비명은 없었다. 왜냐하면 비명을 지르려면 찢기지 않은 폐가 있어야 하니까. 헐떡이는 소리. 좌라락 쏟아지던 소리. 나는 여기에 왔다. 내 선택이다.

나는 오치제로 덮인 두 손을 코로 가져와 그 달콤한 향기를 들이마시려고 애썼다. 꽃, 점토, 나무 기름의 향긋한 냄새. 하지만 숨이 쉬어지지 않았다. 나는 양손을 가슴에 꼭 붙였다. 마치 찢기지 않아 박동하고 있는 내 심장을 손에 담을 것처럼. 그걸 진정시킬 수 있기라도 한 듯이. 잠깐 동안 모든 게 깜깜해졌다. 그리고 나서 시야가 걷혔다. 나는 끙끙 앓았다.

"호흡이 얕고 심박수는 증가했네요. 공황 발작이 왔습니다." 딱딱한 여성의 음성이 쿠시 말로 말했다.

"맞아." 내가 속삭였다. 나는 내 천문의가 말을 하는 게 싫었지만 옥팔라 교수님이 나에게 공황 발작이 일어날 때면 천문의가 말을 하게끔 굳이 설정을 시켰다. 당시에는 싫다고 뻗댔으나 이제 왜 그랬는지 이해가 갔다.

"수학적 명상에 빠져들 것을 제안드립니다." 목소

리는 내 주머니에서 나오고 있었다. 그 안에서 내 천문의가 따스해진 채 부드럽게 진동하고 있는 터였다.

"그렇게 하면… 배우는 게… 없어." 내가 숨을 할딱거렸다.

"배우는 것도 때가 있습니다, 빈티." 목소리가 말했다. "당신의 공황 발작은 이번이 마지막이 아닐 거예요. 하지만 이 복도에는 저밖에 없고 제가 할 수 있는 일은 우주선 의무실에 통보를 하는 것뿐입니다. 당신자신을 구하세요. 지금 당장 명상에 들어가십시오."

모든 것이 깜깜해졌다. 또다시. 그리고 다시 지각이 돌아오고 나니 아무리 애를 써도 메두스 침들이 놀란 얼굴을 한 사람들 몸뚱이를 꿰뚫고 가르는 광경이 눈앞에서 꺼지지 않았다. 헤루, 레미, 올루… 억지로 쉬려고 해도 들숨을 쉬어 폐에 공기를 넣는 일이 도무지 안 되었다. 가슴이 불타는 듯해 결국 고집을 꺾었다. 나는 '스르르 나무들 속으로 미끄러져 들어가' 명상에 빠졌다.

아아아아아아…

숫자들이 마치 일곱의 음성인 양 날아다니고 나누

어지고 곱해지고 팽그르르 돌았다.

그리고 이내 모든 곳에 가 모든 것이 되었다.

나는 오일러의 등식, $e^{i \times \pi} + 1 = 0$을 움켜잡았다. 그러자 곤두박질치던 것이 살며시 둥실, 벽에 부드러운 털이 대어진 따스한 토끼굴로 하강하여 베개들과 꽃들이 푹신하게 깔린 바닥에 내려앉게 되었다. 향기롭고 조용한 이 장소에서 위를 올려다보니 망원경을 들여다보는 것 같은 좁은 시야 때문에 위에 있는 사물이 더 또렷해 보였다. 나는 세 번째 물고기호에 타고 있었다. 산소를 만들어내는 식물로 가득한 내부 공간이 허파 노릇을 해주기 때문에 외우주에서도 숨을 쉴 수 있는, 새우를 닮은 평화로운 거대 생물이다. 이 우주선에서 많은 사람이 폭력에 죽임을 당했다. 내 선생님, 내 친구들. 하지만 나는 죽지 않았다. 나는 살았다. 그리고 그 살인을 저지른 메두스의 한 가족이 되었다.

"으으으응." 가슴 속 깊이에서부터 내가 소리를 냈다. 내 심장은 느리게 뛰었다. 주머니로 손을 뻗어 내에단을 끄집어냈다. 조용히 가장 좋아하는 방정식을 속삭이자 가는 선과 골로 된 에단의 프랙탈들 속으로 파란 흐름이 파고 들어갔다. 그 정체는 아직도 알지 못하지만 옥팔라 교수님과 공부하고 에단 그 자체를 탐구해본 끝에 나는 마침내 에단을 입 열게 만들었고 나중에는 노래하게 만들었다. 나는 내 방문으로 가서 문이 내 눈을 스캔하게 했다. 문이 열렸고 나는 내가 살아남는 법을 깨우쳤던 그 방으로 들어섰다.

* * *

첫 수면 주기(우주에서는 지구의 밤낮은 고사하고 아예 낮이나 밤이란 것 자체가 없다)에 너무나 날카로운 악몽들이 온통 무참히 날뛰었기에 다음 날에는 오크우 옆에 있기조차 고역이었다. 나는 그것에게 내가 겪은 공황 발작이나 악몽에 관하여 말한 적이 한 번도 없었고 이번에도 얘기하지 않았다.

오크우는 그런 것에 꿈쩍도 안 할 녀석이고 얘기를 한들 그 애가 할 말이란 그런 걸 겪는다고 네가 죽진 않는다, 마음을 강하게 먹고 전부 지난 일로 치워

버려라 하는 게 다일 터였다. 메두스는 인간의 조건을 이해 못 했다. 나의 감정적인 고통에 오크우는 내 고통을 즉각 낫게 해주지 못하는 한은 그저 짜증이 날 터였다. 그렇기에 나는 그 첫날 하루는 생각할 시간이 필요하다고 말하면서 오크우와 떨어져 지냈다. 우주선에는 오크우를 위해 기체로 채워진 식당이 별도로 있었고 거기 음식이 무척이나 맛있다는 걸 알게 된 오크우는 첫날 대부분의 시간을 거기서 보냈다. 우주선에 탔다는 것이 오크우에게는 아무렇지도 않았다. 그것은 곧바로 편안하게 적응해서 우주선과 대학교 당국이 제공해준 호화로운 대접을 수월히 실컷 누렸다.

나는 이 상황을 너무 자세히 분석하고 들진 않았다. 내가 그 사막토끼 굴 속으로 파고들어간다면 결국 한 캄캄한 장소에서 이런 질문을 하고 있게 될 터였다. '무즈하 키비라 동안 오크우가 죽인 건 누굴까?' 오크우가 살해에 한몫을 담당했을 때 그 녀석은 메두스의 의무, 문화, 전통의 질긴 끈에 묶여 있었다는 걸 나는 이해했다… 나의 오치제가 그 외부의 무언가를 오크우에게 보여주기까지는 그랬지.

움자 대학행성에 와서 보낸 맨 처음 몇 달 동안 오크우는 내가 부르면 한밤중에라도 와서 함께 수학 도시를 한없이 걸어주었다. 내가 너무나도 격하게 향수병을 앓아서 할 수 있는 일이란 걷는 것뿐, 그래서 내 몸으로 하여금 고향으로 걸어가고 있는 것이라고 생각하게 하는 것뿐이었을 때 말이다. 오크우는 내가 너무 화난 채라 먼저 연락을 않고 있을 때, 나를 잘 타일러 형제자매에게 연락하게 했다. 오크우는 심지어 우리 부모님이 내 천문의를 통해서 저에게 욕을 하고 고함을 쳐도, 그래서 부모님이 분노와 공포를 다 발산하고 진정이 되어서 마침내 "우리 딸은 어떻게 하고 있나?" 하고 물으실 때까지 가만히 있었다. 오크우는 죽 내 적이었지만 이제 내 친구이고 내 가족의 일원이었다. 그럼에도 나는 끼니를 방으로 배달해달라고 요청했다.

이틀째 날에 플래시백이 잠잠해져 나는 오크우와 각자의 식당 사이에 있는 공간에서 이야기를 하며 시간을 보낼 수 있게 되었다.

"다시 행성을 떠나니까 좋다." 오크우가 말했다.

나는 암흑으로 나 있는 커다란 창밖을 지그시 내다보았다. "나는 이번이 겨우 두 번째야." 내가 말했다.

"알아." 오크우가 말했다. "그러니까 움자 대학행성에 있으면서 네가 그렇게 자연스러워했지. 대학교랑 교수님들이랑 학생들은 좋지만 난 거기 있으면 느낌이… 무거워."

나는 빙긋이 웃으면서 그것에게로 고개를 돌렸다. "그렇지만 넌 워낙… 처음부터 가볍잖니. 거의 무게가 안 나가면서…."

"질량과 중력 얘기가 아니야." 그것이 재미있다는 듯 오쿠오코를 꿈틀거리면서 말했다. "네가 어떡하든 사막 가까이에 있었으면 하는 심정인 거하고 비슷해. 네가 사막에 들어가서 살진 않지만 거기 가서 논 적도 많고 그 광활한 곳 가까이에 살고 싶잖아. 나한테는 우주가 똑같아."

나는 우리 고향 집 근처의 사막을 생각하면서 고개를 끄덕였다. "이해가 간다. 꼭 나하고 같이 가고 싶어 한 까닭이 그래서니?"

오크우는 기체 뭉치를 뿜어냈다. "나야 아무 때나 고향에 갈 수 있는데 뭘. 하지만 때가 잘 맞는다 싶었어. 족장님은 내가 감으로써 쿠시 놈들을 신경 쓰이게 한다는 발상을 맘에 들어 하시더라고." 오크우가 촉수들을 흔들고 갓을 진동시켰다. 웃음을 터뜨린 것이다.

"말썽을 일으키러 가는 거야?" 내가 상을 찌푸리고 물었다.

"메두스는 전쟁을 좋아하거든. 전쟁을 일으키는 걸 허락받지 못했을 땐 특히 그렇지." 신이 나 어쩔 줄 몰라 하는 잔물결이 오크우의 갓 앞면으로 치올랐다.

나는 돌아서면서 끙 신음을 하고 오치힘바로 말했다. "전쟁 따위 일어나지 않을 거야."

지구 시간으로 3일. 밥 먹을 시간이 되었고 나는 시도를 해봤지만 상황이 조금도 나아지질 않았다. 나는 메두스가 무즈하 키비라를 시행한 식당 안으로 한 걸음 들어섰다가 죽 둘러보고 바로 몸을 돌려 내 방으로 돌아와선 또다시 내 식사를 그리로 가져다달라고 요청했다.

나는 많은 시간을 우주선의 가장 큰 호흡실에 들어가 명상을 하면서 보냈다. 탑승자 대부분은 이 공간들에 겨우 몇 분, 그것도 엄중한 감시를 받으면서 밖에 못 들어가지만 영웅이라는 나의 독특한 지위로 인해 나는 호흡실에 무한정 있을 수 있는 것을 포함해 어디든 가고 싶은 곳에 가도 되었다. 오크우는 나와 함께하지 않았는데 이유는 그것의 기체가 식물들에게 좋지 않고, 거기 더하여 그것이 그곳 공기 냄새를 좋아하지 않기 때문이었다. 나로 말할 것 같으면 산소를 생산하는 수많은 종 식물들의 향긋한 방향과 그것들을 살아 있게 하는 습한 공기가 마음의 평화를 찾기에 더없이 적합했다. 게다가 내 피부에 바른 오치제는 여기 있으면 벨벳처럼 차르르 최상으로 보드라운 상태를 유지했다.

그 3일이 지나갔다. 살아 있으면 항상 시간이, 행복하든 죽도록 괴롭든 간에 지나가버리듯이 그렇게. 그리하여 이내 나는 내 방의 검은색 착륙용 의자에 앉아 안전띠를 두른 채 지구가 점점 더 가까워 오는 것을 지켜보고 있었다.

우주선이 대기권에 들어선 때에 햇살이 내 피부에 와 닿았고 기분 좋은 익숙한 짜릿함에 눈물이 고여왔다. 곧이어 내 오쿠오코는 편안히 어깨에 늘어졌다. 나는 처음으로 거기에 햇살을 쬐고 있었다.

그것들의 정체는 정체라 쳐도 내 오쿠오코는 고향에 온 기분이 어떤 것인지를 알고 있었다. 착륙을 하여 우주선이 제 게이트에 정선하고 나자 나는 뒤로 몸을 기대고 앉아 창밖의 파란 하늘을 내다보았다.

나는 소리 내어 웃었다.

고향에 와서

일주일 전에 움자 대학교 홍보국에서는 지구 도착 시에 오크우와 나는 탑승자 전원이 우주선을 나갈 때까지 기다렸다 나가도록 하라고 지침을 주었다.

"아니 왜요?" 내가 물었다.

"그러면 말썽이 없을 테니까요." 우리가 만나본 홍보국 직원 두 명이 똑같이 그렇게 대답했다.

메두스가 쿠시족 땅에 가보기는 100년도 더 된 일이었고 평화 시에 간 일은 아예 있지도 않았다. 홍보국 직원들은 우리에게 이착륙항이 꼭 한 시간 동안 소개疏開될 것이라고 말해주었다. 우리 가족과 이런

저런 대표자들과 공무원들과 그 지역의 쿠시족 도시인 코쿠리 및 내 고향인 오셈바에서 나온 취재진 빼고는 못 있게 한다고. 왕복선은 특별편을 내어서 오크우와 나와 우리 가족을 우리 마을로 이송할 것이라고.

우리가 두 시간을 대기한 덕분에 나는 착륙으로 인한 쇠약감을 떨쳐버렸다. 나는 제일 좋은 빳빳한 긴 래퍼와 주황색 비단 윗도리를 입었다. 내 에단과 천문의는 상의 앞쪽 주머니 속에 깊숙이 간수했다. 나는 또 내 금속제 발목 고리들을 전부 도로 찼다. 제대로 차졌나 확인하려고 내 방 거울 앞에서 제일 좋아하는 전통 춤을 조금 추어보았다. 몸 전체에 구석구석 빠짐없이 새로 바른 오치제가 다독여주는 믿음직한 손길 같았다. 나는 심지어 오크우의 오쿠오코 세 줄기에 오치제를 이겨 붙여주기까지 했다. 이걸 보면 우리 가족은 기분 좋아할 터였다. 쿠시족 사람들은 꼴 보기 싫어할지 몰라도. 메두스에게 아래로 드리워진 그 기다란 촉수들을 만지는 건 인간의 긴 머리를 만지는 것과 같았다. 그렇게까지 내밀한 접촉은 아니다, 하지만 오크우가 그냥 아무나 만져도 된다고 하진 않을 터였다. 그래도 나는 만지게 해줬다. 촉수가 덮이도록 그렇게 오치제를 잔뜩 발랐더니 약간 취한 느낌이 든다고 오크우가 나에게 말해주었다.

"모든 게… 행복해." 오크우는 그렇게 말했다. 이 상태가 당혹스럽다는 듯한 음성이었다.

"잘됐네." 내가 생긋 웃으면서 말했다. "그런 기분이라면 온갖 사람들을 만날 때 그렇게 부루퉁해 있지 않겠는데? 쿠시 사람들은 예절 바른 걸 좋아하고 힘바 사람들은 쾌활한 걸 당연하게 생각하거든."

"금방 씻어버려야지." 그것이 말했다. "살아 있는 게 이렇게 기분 좋다니 안 될 일이야."

우리는 복도를 따라 쭉 걸어갔고 굽어진 곳을 돌자 우주선의 출구가 나왔다. 잠시 동안 나는 다른 사람들이 나를 보기 전에 모두를 볼 수 있었다. 뉴스 드론 세 대가 출입구 코앞에 떠 있었다. 문 앞에 깔려 있는 깔개는 선명한 빨간색이었다. 나는 눈을 깜박이고 이마를 만졌다. 암담한 생각들을 누르려고, 억지로 밀어 치워버리려고 했다.

나는 우리 가족을 포착해냈다. 보이는 데 한데 모여 서 있었다. 그러고 나서는 또 한 무리로 모여 서 있는 쿠시족과 힘바족 공무원 환영단을 알아보았다. 나는 우리 가족에게 내 머리카락이 이제는 머리카락이 아니라는 이야기를 안 한 터였다. 메두스 유전자가 내 유전자에 도입된 결과 이제는 외계 생물 촉수 다발이 되어버렸다는 이야기, 감각도 있고 이런 것도 하고 저런 것도 하는데 나도 이제 알아가는 중이라는 이야기를. 오치제를 이겨 발라 내 오쿠오코를 감출 수 있었다. 특히 천문의를 통해 우리 가족과 통화할 때에는 저쪽에서 내 오쿠오코가 때로 제멋대로 움직이는 걸 볼 수 없었으니까. '이젠 오래 숨길 수는 없겠네.' 내가 생각했다.

나는 언제든지 출구로 나가면 되었고 그러면 모두들 나를 보게 될 터였다. 나는 행동을 늦추고 깊은 숨을 들이쉬었고, 숨을 내뱉고 또 한 번 깊이 숨을 마셨다. 나는 한 손을 뒤로 들어 오크우에게 기다리라고 했다. 그런 다음에 무릎을 꿇고 뺨에서 오치제를 약간 훑어내어 우주선 바닥에 대었다. 일곱을 향한 내

기도는 짧고 말 없는 것이었지만 그 가운데서 나는 세 번째 물고기를 축복해주십사고도 빌었다. "성간 여행을 하는 이 동물이 내 영혼의 일부를 가집니다." 내가 속삭였다. "무사히 출산하게 해주시고 태어나는 새끼가 제 어미처럼 무겁고 튼튼하고 모험심 강한 아이가 되게 해주십시오. 또 엄마만큼 사랑스럽고요." 나는 세 번째 물고기가 내 바람을 알아들을 수 있길, 그래서 내가 고마워한다는 걸 알아주길 빌었고 그러자 내 오쿠오코 한 가닥이 꿈틀 했다. 마치 그에 답하듯이 우주선 전체가 우르릉 울렸다. 나는 헉 숨을 삼켰고 기쁨에 활짝 웃음 지었다. 나는 손바닥을 더 확실하게 바닥에 꾹 눌렀다. 그러고 나서 일어나 출구로 걸어갔다.

내가 오크우보다 먼저 우주선 밖으로 걸음을 내디뎠기에 우리 어머니가 빽 지른 소리는 곧바로 내 귀에 와 닿았다. "빈티!" 곧이어 다들 와르르 몰려들어 난장판이 되고 나는 삽시간에 몸과 몸이 부딪는 한복판에 있게 되었다. 그중 절반은 오치제로 덮인(힘바족 중에서도 여자만 오치제를 쓴다) 몸이었다. 어머니, 아버지, 남자 형제, 여자 형제, 이모, 삼촌, 사촌들.

"내 딸이 몸 성히 왔구나!"

"빈티야!"

"보고 싶었다!"

"애 좀 봐라!"

"일곱께서 계시구나!"

모두가 나를 봐주었을 때 나는 어머니에게 달라붙어 흐느끼기 시작했다. 손은 바로 뒤에 따라오시는 아버지 손을 잡은 채였다. 무겁도록 오치제를 바른 내 머리 가닥 하나를 홱 당기는 바람에 나는 베나 오빠와 눈이 마주쳤다. 천만다행으로 많이 아프지는 않았다. "너 머리 길렀네." 오빠가 말했다. 나는 오빠를 향해 씩 웃기만 하고 아무 말 하지 않았다. 내 여자 형제들은 오치제를 두껍게 이겨 붙인 긴 머리채를 좌우로 흔들면서 환영의 노래를 부르기 시작했다. 남자 형제들은 손뼉을 쳐 박자를 맞추었다.

그런데 문득 모든 게 멈추었다. 나는 흑흑 흐느끼다 중간에 뚝 그쳤다. 우리 부모님은 기쁨에 찬 웃음을 멈추셨다. 베나 오빠가 눈이 휘둥그레져서 내 뒤를 보고 있었다. 오빠는 입을 헤 벌린 채로 손가락질을 했다. 나는 천천히 몸을 돌렸다. 한순간 나는 두 명이었다. 타고난 역사를 아주아주 잘 아는 힘바족 소녀이면서 지구를 떠나 우주에 가서 일부는 메두스가 되고 만 힘바족 소녀였다. 그 불협화음에 나는 숨이 막혔다.

오크우가 출구 폭을 꽉 채우고 거기 있었다. 오치제에 덮인 오쿠오코 세 가닥이 무중력 상태인 양 하늘하늘 멋대로 물결치더니 그중 하나는 마치 무슨 모욕의 몸짓인 것처럼 자기 갓 앞을 세게 철썩 내리쳤다. 오크우의 반투명한 연푸른색 갓은 움자 대학행성에서 만들어 가지고 온 투명한 금속 장갑으로 보호받고 있었다. 갓 밑에서 앞쪽으로 치아를 닮은 커다란 흰색 침이 비죽이 튀어나왔다.

내 등 뒤로 쩔꺼덕쩔꺼덕 하는 소리가 났고 장화 신은 발소리가 방 안으로 뛰어들어왔다. 돌아보니 쿠시 병사 한 명이 이미 총을 들이대고 있었고, 쏘았다. 빵! 비명, 뜀박질, 누군가 나를, 한 명도 아닌 두 명이 붙들고 당겨댔다. 나는 그 자리에 버티고 선 채 팔이 마구 당겨졌다. 작은 불덩어리가 카펫에 피어올라 오크우의 촉수들을 엄습했다. 오크우에게서 겨우 몇 치, 세 번째 물고기호에게서 몇 자밖에 안 떨어진 거리였다.

"무슨 짓을 하는 거예요!" 내가 고함질렀다. '아, 안 돼.' 나는 생각했다. 배 속 깊이 신음이 끓었다. 나는 오크우의 분노가 확 불타오른 것을 느꼈다. 내 두피에 지글지글 타는 불이, 내 속에 점화된 화염이 또한 느껴져왔다. 이 분노. '내 가족들 면전에서 이래선 안 돼! 부정해, 부정해.' 나는 생각했다. 나는 부정했다. 오크우는 소리도 내지 않고 움직이지도 않았지만 나는 알고 있었다. 순식간에 병사들 전원, 아마도 이 방 안에 있는 사람들 전원이 죽고 말리라는 것을⋯ 어쩌면 나는 빼고 말이다. 메두스는 일가붙이를 죽이지 않는다. 하지만 그게 '전투로 맺어진 가족'도 포함하는 것이려나?

나는 나를 움켜잡고 있는 어머니의 손을 뿌리쳤다. 윗도리 소매가 찢어지는 소리가 났다. 아버지를 옆으로 밀쳐 비켜 세우고 래퍼를 붙들어 무릎 위로 끌어

올렸다. 그러고 나선 뛰었다. 우리 가족을 제치고, 나를 비추느라 방향을 돌린 뉴스 드론들을 피하면서 달려갔다. 그리고 왼쪽에 있는 문에서 우르르 쏟아져 들어온 병사들의 대열과 오크우 사이에 몸을 던졌다. 나는 걷어 쥐었던 래퍼 자락을 놓고 두 손을 내뻗었다. 한 손바닥은 병사들을 향하고 다른 손바닥은 오크우를 향해 폈다.

"멈춰요!" 나는 소리 질렀다. 그리고 두 눈을 감았다. 오크우는 막 공격할 참이었다. 오크우가 이게 나란 걸 알아차릴까? 그것의 침을 피할 정도로 내가 메두스인 것 맞나? 아, 우리 가족 어쩌지. 쿠시 병사들은 이미 발포를 하고 있었다. 화염탄이 날 맞혀 속에서부터 내 몸을 찢어 헤집고 태울 것이다. 그래도 나는 똑바로 몸을 펴고 서 있었다. 내 정신은 맑았고 단호했다. 명상에 빠져드는 것도 잊었다.

침묵.

눈을 감은 채 나는 발소리나 누군가의 옷이 스치는 사그락 소리, 오크우가 촉수를 내리치는 휙휙 소리 하나 들을 수 없었다. 그러다 무슨 소리가 들렸고 느낌도 왔다. '아, 여기선 안 돼.' 나는 생각했다. 지나치게 빠르고도 거세게 북을 울리는 내 심장이 철렁 내려앉았다. 전에 움자 대학행성에서 한 번 있었던 일이었다. 오치제를 만들려고 숲속에 들어가 흙을 캐고 있던 차에 돼지를 닮은 커다란 들짐승이 돌진해왔다. 도망을 치기에도 너무 늦은 터라 나는 그놈의 눈을 똑바로 보면서 얼어붙었다. 짐승은 우뚝 섰고 젖은 코로 내 냄새를 맡더니 거칠거칠한 갈색 털로 덮인 엉덩이를 내 팔에 비비고는 흥미를 잃은 듯 털레털레 가버렸다.

그 짐승이 덤불 속으로 사라지는 것을 지켜보다가 나는 내 기다란 오쿠오코가 머리 위에서 뱀처럼 꿈틀거리고 있다는 걸 알아차렸다. 지금 침을 찌를 태세로 출구에 서 있는 오크우의 오쿠오코가 꿈틀거리고 있는 것과 아주 비슷했다. 이제 나는 내 오쿠오코가 내는 소리를 들을 수 있었다. 부드럽게 진동하면서 따스해지고 있다. 내가 이 상태에서 흐름을 만들어낸다면 오치제에 뒤덮인 촉수 한 가닥 한 가닥의 끝에서 불꽃이 튈 터였다.

"아니 이런 세상에, 저 애 이제 부분적으로는 메두스인 거야?" 누군가 묻는 소리가 들렸다.

"저것의 아내인 거 아닐까." 취재진 중 한 명이 소곤소곤 답하는 소리가 들렸다.

"힘바족은 더러운 족속이야." 그 사람이 말했다. "지구를 떠나도록 허용해줘선 안 될 까닭이지." 그러고는 낄낄대는 소리가 났다.

나는 아버지와 눈이 마주쳤고 거기서 보인 것은 강렬한 날것의 공포뿐이었다. 아버지의 눈은 재빨리 오크우에게 옮겨갔고 나는 아버지가 그것의 침을 보고 계시다는 걸 알았다. 나는 우리 가족들 얼굴을 보았고 나를 맞아주러 여기에 온 다른 힘바 사람들과 쿠시 사람들 모두를 보았다. 그리고 그들이 실제 살면서 처음 보는 메두스에게 눈길을 둔 순간 역사 시간에 배운 것들이 퍼뜩 치고 들어오는 걸 보았다.

"오크우는…." 나는 병사들을 향했다가 오크우를 보고, 다시 병사들을 보았다. 양쪽에 동시에 말을 하려 하니 그랬다. "여러분 모두… 움직이지 마세요! 움직이는 날에는… 오크우… 진정해, 오크우! 지금 싸움을 하면 여기 있는 사람들을 전부 죽이게 될 거야. 이 사람들은 우리 가족이야. 내 동족이라고. 네가 그렇듯이… 우리는 앞으로도 살 거고 우리 모두에게 기회가 있을 거예요. 성장할 기회가… 사람답게 될 기회가요." 땀이 오치제를 뚫고 얼굴에 송골송골 맺혀 나오다가 뺨을 타고 굴러떨어졌다. 침묵이 더 이어졌다. 그러고는 낮게 미끈덕한 소리가 났다. 오크우가 그것의 침을 거둬 넣었다. 일곱이여, 감사합니다.

"나는 네 바람을 존중해왔어, 빈티." 오크우가 메두스 말로 냉정히 말했다.

나는 쿠시 사람들 쪽으로 고개를 돌려 빠르게 말했다. "이쪽은 오크우라고 해요. 메두스의 사절이고 움자 대학교 학생입니다. 협정이 있잖아요. 협정을 기억하세요. 잊어버렸나요? 법이라고요. 제발요. 오크우는 평화 시에 찾아온 겁니다… 그렇지 못한 대접을 받지 않는 한은요. 부탁드려요. 우리 또한 명예를 아는 사람들이잖아요." 쿠시 병사들에게 강력한 응시를 보내는 동안에도 나는 내 얼굴에 칠해진 오치제를 그리고 저이들은 날 거의 야만인으로 볼 거라는 사실을 예민하게 자각하지 않을 수 없었다.

그렇긴 해도 잠시 후에 앞줄의 병사가 한 손을 들었고 손짓으로 다른 병사들을 물렸다. 나는 크나큰 안도의 한숨을 내쉬고 턱이 가슴에 닿도록 고개를 수그렸다. "일곱을 찬양하라." 입속말을 했다. 우리 어머니가 격하게 손뼉을 치기 시작했고 이내 다른 사람들도 모두 다 똑같이 했다. 병사들 중 몇 명을 포함해서.

"지구에 온 것을 환영해요." 티끌 하나 묻지 않은 흰옷을 걸친 키 큰 쿠시 남자 한 명이 몰아치듯 끼어들어 내 손을 잡아 흔들어댔다. 직전까지 혼이 빠지도록 겁을 먹었던 그 남자는 정치가가 가질 만큼의 활력을 띠고 말을 했다. "나는 트럭 오마제요. 코쿠리 시의 신임 시장이지요. 빈티 양의 귀향길을 우리 이 착륙항이 맞이하게 되어 큰 영광입니다. 빈티 양은 여기 지구에 있는 우리 모두에게 영감이 되는 존재이지만 세계에서도 특히 이 지역에 더욱 그렇습니다."

"고맙습니다, 알하지(이슬람교 신도의 의무인 메카 순례를 다녀온 남성에 대한 경칭—옮긴이)." 나는 떨리는 목소리를 제어하려고 안간힘을 쓰면서 예의 바르게 말을 건넸다.

"이 메두스들 말이오." 아버지가 어머니에게 얘기하는 게 들려왔다. "쿠시인들이 딱 하나를 놓고 얼마나 겁들을 내는지 봐요. 나부터 무섭다 못해 죽을 지경이 아니었으면 깔깔 웃기라도 할 뻔했소."

"쉬이잇!" 어머니가 팔꿈치로 아버지를 쿡 찌르면서 말했다.

"이리 와요. 사람들에게 두루 웃어줍시다." 활짝 웃는 시장의 미소는 거짓 미소였고 나를 붙든 손힘은 셌다. 그렇게 껄껄 웃으면서 그는 나를 뉴스 드론들 쪽으로 확 끌어다놓았는데 오크우에게는 시선 한 번 주지 않았다. 시장에게서는 향을 입힌 기름 냄새가 났고 나는 그렇게 하얀 옷을 입은 그에게 너무 가까이 가는 게 꺼려졌다. 하지만 아무튼 그는 오치제가 묻는 걸 신경 쓰지 않는 듯했다. 아니면 속으로 너무 동요한 탓에 당장은 아무래도 상관없었던 걸지도 모른다. 시장은 드론들이 가까이 들어올 때 나를 바싹 끌어당기고 함박웃음을 더 크게 지었다. 오크우가 사진에 찍히기 위해 우리 뒤로 움직여올 때 시장이 몸서리치는 걸 나는 느꼈다. 그리고 우리 모두가 총에 맞든 침에 찔리든 두 가지를 다 당하든 해서 죽을 뻔한 걸 간발의 차로 모면했다는 사실에도 불구하고, 나는 카메라 드론들을 향해 제법 그럴싸한 큰 웃음을 지어냈다.

* * *

시간이 대략 45분 있었고 힘바와 쿠시 양측 취재진은 우리를 사람들 출입을 막아 텅 빈 공항 식당에 갖다 앉혀놓고 인터뷰를 했다. 질문들을 듣자 하니 공동체가 가장 알고 싶어 하는 것이 무엇인지 감이 잡혔다.

"우리는 당신이 자랑스럽습니다. 계속 체재하실 건가요?"

"적과 친구가 되셨는데요. 우리 장로분들을 만나 지혜를 나누어줄 의향이 있나요?"

"움자 대학행성에서 제일 좋았던 음식이 뭔가요?"

"무슨 공부를 하고 있습니까?"

"지금 제일 관심 가는 패션은 어떤 거죠?"

"왜 돌아온 겁니까?"

"그쪽에서 그냥 가라고 보내주던가요? 왜죠?"

"무엇 때문에 가족을 버리고 떠났습니까?"

"머리에 그것들은 무엇인가요? 아직 힘바족 맞습니까?"

"아직도 오치제로 축성하고 있네요. 어째서예요?"

"수학, 천문의 그리고 수수께끼의 물체. 빈티 양은 정말 놀라운 인물이네요. 움자 대학행성 구경을 했으니까 이제 집에 있을 건가요? 움자가 힘바족이 사는 초라한 고향보다는 훨씬 대단한 곳 맞죠?"

"부족 출신 여자애가 되어서 움자 대학행성에 가니 그래 어떻던가요?"

"머리에 그게 뭐예요? 무슨 일이 있었던 거죠?"

"도망쳤던 아가씨를 원하는 남자는 없습니다. 노처녀로 늙게 생겼는데 괜찮아요?"

나는 미소 짓고 예의 바르게 그이들이 하는 모든 질문에 대답했다. 그러고 나서 바로 이어서 쿠시족 및 힘바족 선출직 공무원들과 딱딱하고 어색한 대화를 나누었다. 오크우에게는 아무 질문이 없었고 오크우는 기뻐했다. 내 뒤에서 위협적으로 모습을 비추고 있는 편을 선호했기 때문이다. 오크우는 인간들과 있을 때 위협적으로 어른거리고 있기를 제일 좋아하는 녀석이었다.

나는 진이 빠졌다. 관자놀이가 지끈거렸고 내 정신은 세 번째 물고기호에서 나오자마자 오크우 관련으로 터질 뻔했지만 그냥 넘어간 그 일에 초점 맞출 잠시 동안의 시간을 간절히 원했다. 이뿐만이 아니라 3일이라는 시간 동안 우주를 날아온 만큼의 스트레스, 이어 지구에 와 물리적으로 환경이 바뀐 데 대한 스트레스에서 회복할 시간도 필요한 터였다. 마침내 모든 일이 끝이 나고 우리는 오크우와 나를 위해 마련된 특별 왕복선으로 호위받아 갔다. 우리 가족에게는 별도의 왕복선이 준비되었다. 나는 혼자가 된 게 기뻤다. 왕복선에 타자마자 나는 주저앉듯 내 자리에 앉아서 오크우가 제 종족을 위해 만들어지지는 않은 게 분명한 왕복선 안으로 어색하게 몸을 구겨 갈팡질팡 기어들어오는 것을 보지 않으려고 애썼다.

"너희 땅은 메말랐어." 총알처럼 내쏘아진 왕복선이 코쿠리와 오셈바 사이의 사막 지대를 통과해 갈 때 왕복선 뒤편 커다란 볼록 창 쪽을 보며 오크우가 말했다. "너희 땅 생명은 물을 바탕으로 하지 않아."

"여기도 전에는 물이 더 많았어." 내가 눈은 감은 채로 말했다. "그랬는데 기후가 바뀌어서 물이 지하로 들어가기도 하고 메말라버리기도 한 거야. 비는 다른 곳에 내리게 되고."

"왜 우리 민족이 쿠시랑 전쟁을 했던 건지 이해가 안 간다." 그것이 말했고 우리는 한동안 조용히 있었다. 나도 메두스가 왜 지구에서도 한결 촉촉한 동네에 사는 어느 다른 민족하고가 아니라 쿠시족과 싸웠는지 궁금했던 적이 많았다.

"하지만 쿠시족 땅엔 호수가 많아." 내가 말했다. "내륙에, 깊은 사막에 제일 가까이 붙어 사는 건 우리 힘바족이지. 그리고 우리 마을에도 호수는 있어. 햇빛 아래 보면 분홍색으로 보이지. 소금기 있는 물이라."

"네가 말하는 그 신체神體를 내가 본다면 우리 종족

은 그런 줄을 알 거야."

　나는 오크우에게 고향 행성인 오무리로에 관해 물어본 적이 있었는데 오크우는 거의 말을 해주지 않았다. 오크우 말로는 오무리로에는 물이 없으나 모든 것이 부드럽고 살로 되어 있고 이어져 있다고 했다. "너는 마스크 쓰지 않고는 숨 못 쉬어. 하지만 애지중지 떠받들어질 거야." 오크우의 말이었다. 메두스는 물을 신으로 숭배했다. 자기들이 물에서 나왔다고 믿기 때문이었다. 이것이 메두스와 쿠시 사이에 일어난 전쟁의 뿌리였다. 세부적인 자초지종이야 폭력과 죽음에 휩쓸려 깡그리 날아간 지 오래지만. 그러고 나서는 필경 정확하지 못한 것이었을 분노에 찬 이야기들이 역할을 했다. 말하는 사람이 누구냐에 따라 영웅담도 되고 비열한 짓도 되는 그런 이야기들이.

　오크우가 그 호수에 들어가 헤엄을 친다면 무슨 일이 벌어질지 문득 궁금했다. 오크우는 큰 물속에 들어가본 적이 없으니까. 하지만 나는 물어보지는 않았다.

뿌리집

우리 가족이 사는 집은 '뿌리'라고 불린 지가 150년도 더 되었다. 그런 명칭이 있기보다도 더 오래전부터 우리 가문 것이었던 곳이다. 오셈바의 힘바족 동리에서 제일 먼저 지어진 집 중 하나인 뿌리집은 전체가 다 돌로 되어 있었다. 외벽에 붙어 자라는 발광 식물들과 지붕마저도 몇 대 전부터 내려왔다. 집은 여계로 계승되는 것으로 우리 어머니는 집안의 장녀이자 수학적인 눈이라는 재능을 타고난 단 한 명이었기에 어머니의 어머니가 돌아가셨을 때 상속인으로 확정되어 지금까지 오셨다.

맨 아래층 아주 커다란 모임 방에서부터 나선형으로 위로 뻗어 올라가는 구조의 큰 건물인 뿌리집에는 공간이 넉넉한 주방 하나와 욕실 일곱 개 그리고 훌륭한 침실들이 있었다. 힘바 거주지에 있는 다른 모든 것과 마찬가지로 뿌리집도 태양 동력인데 그를 위한 설비는 집 벽과 지붕에 너무나도 잘 내장돼 있어서 그 토대가 돌에 녹아든 듯 구분이 되지 않았다. 뿌리집은 해묵은 존재이고, 집이라기보다 자체적으로 유지되는 생명체 같았다. 우리 아버지는 자주 언젠가는 뿌리집이 내 방 옆에 새로 또 방을 돋울 거라는 농담을 하셨다.

모임 방은 확장 가족 구성원 및 가까운 친구들이 밤이고 낮이고 언제든지 필요하면 드나들 수 있게 개방돼 있었다. 이런 식이면 집이란 게 조용할 날이 없고 사생활도 없다. 어느 문에고 잠금장치 따윈 없다. 욕실 문에도 없다. 그리고 식사 시간은 항상 큰 행사였다. 그렇다 보니 여러 가지 면에서 내가 집에 돌아온 날 저녁이라도 다른 어느 날의 저녁과 다를 게 없었다. 그렇긴 해도 또 다른 면을 보면 확실히 다르긴 했다.

오크우가 오셈바에 당도했을 때는 이착륙항에 도착했을 때같이 굉장한 난리는 아니었다(그렇게 섬뜩한 상황은 안 일어났다). 조촐한 인원이 우리를 반겨 맞으러 나와 있다가 오크우를 보고는 얼이 빠졌지만 사람들 대부분은 나중에 저녁이 돼서 올 터였다. 우리 뒤로 온 왕복선 편으로 우리 가족이 도착했는데 오늘 밤의 저녁 식사를 준비하기 위해 거의 다 얼른 집으로들 갔다.

"오크우." 우리 아버지가 우리 쪽으로 걸어오면서 힘바 말로 부르셨다. 아버지는 오크우를 올려다보면서 떨리는 건 떨리는 채로 활짝 미소 지으셨다. "우리 마을에 잘 왔다." 오크우는 그냥 그대로 둥둥 떠 있기만 했고 아버지는 내 쪽을 곁눈질하셨다. 미소가 흔들렸다. "그래, 허허, 쿠시 것들 하는 짓거리를 꿋꿋하게 잘 참는 것 보고 감탄했단다. 그자들은 우리 힘바족에게도 그리 잘하진 않아. 하지만 우린 조용한 족속이거든. 그래서… 우리는 꾹 참고 그자들과 협업하지. 내가 너를 위해 만들어놓은 게 있는데 가서 보자꾸나."

우리는 아버지를 따라 집을 돌아갔다. 나는 신고 있는 샌들을 따스한 붉은 흙에 꾹꾹 찔러 넣으면서 걸었다. 고향에 오니 너무너무 좋았다.

"아." 아버지가 우리 쪽을 흘긋 보시고는 따라가는 나와 오크우 쪽으로 몸을 돌려 뒷걸음질로 갔다. "너 우리말을 정말 듣기 좋게 하는구나. 우리 딸이 가르쳐주던?"

"네." 오크우가 말했다. "빈티가 잘 가르쳐요."

"얘는 진짜배기 숙련 조율사지." 우리 아버지가 말했고 도로 몸을 돌렸다.

나는 입술을 꽉 물었고 아무 말 하지 않았다.

방향을 꺾어 집 뒤로 들어갔을 때 화제를 바꿀 만한 게 생겨서 나는 기뻤다. "내가 만든 거란다." 아버지가 우리 쪽을 보면서 팔을 쫙 펼쳐 보이셨다. 오크우는 갓 속 깊이에서부터 기쁨의 둥둥 소리를 냈다.

"세상에, 아빠." 내가 웃음을 터뜨리며 말했다. "이거 정말 멋져요."

오크우가 아버지 옆을 지나 그 커다란 투명 천막으

로 갔다. 늘어진 자락을 건드리자 오크우의 몸 크기보다 살짝 큰 입구가 열렸고 연보랏빛 기체가 뭉클뭉클 흘러나왔다. 오크우가 안으로 부유해 들어가자 천막 자락이 아물려졌다.

"나 역시 숙련 조율사란다." 아빠가 나를 보고 한 눈을 찡긋하면서 말했다. "그리고 찾아보기도 잘하지. 조성만 알면 저이들 호흡 기체를 생산해낼 기계를 만들기란 쉬운 일이야. 쿠시족 땅의 화산 근처 분출구에서 더러 나오는 기체와 비슷한 것이더구나."

"전부 아버지가 생각하신 거예요?" 내가 활짝 웃으면서 물었다.

"물론이지." 아버지가 말씀하셨다. "내 적의 적은 내 친구 아니냐… 설령 괴물이더라도."

"오크우는 괴물이 아니에요, 아빠."

"저것이 그 우주선에서 널 죽일 뻔했고 이착륙항에서는 하마터면 우리 모두를 죽일 뻔했지 않니." 항변을 하려고 입을 벌렸는데 아버지가 한 손을 들어 올렸다. "평화와 우애를 만들어내는 것, 조율하는 것이 숙련 조율사의 할 일이지. 저 생물하고 벗이 된 걸 보면 그동안 잘해왔구나."

나는 아버지를 꽉 껴안았다. "고마워요."

오크우는 나오질 않았다. 잠깐 아버지에게 인사하려고 한 것만 빼고는. "여기 안이 굉장히 편안해요. 빈티 아버님 맞네요."

* * *

내 침실은 내가 두고 떠난 때와 똑같았다. 탁자는 천문의 부품들, 금속 선 자투리들, 연마 가루로 어질러진 채였고, 옷장은 닫혀 있고 침대는 정돈돼 있었다. 내 침대 위에 얇은 빨간 천으로 싼 꾸러미 하나가 있었다. 나는 미소 지었다. 선물을 저렇게 정성껏 곱게 쌀 사람은 우리 어머니뿐이고 또 항상 빨간 천으로 싸신다. 나는 꾸러미를 뒤집어 한 손으로 천을 쓸면서 그 매끈하고 서늘한 감촉을 느끼곤 도로 침대 위에 놔두었다. 나중에 끌러볼 것이다. 만사 잠잠해지고 나서.

나는 여행용 파드 쪽으로 가서 움자 대학행성에서

산 옷을 꺼냈다. 좀처럼 안 하는 쇼핑을 하러 가서 사두었던 거였다. 긴 옷자락이 치렁치렁 흘러내리는 디자인이 약간 쿠시족 느낌도 나는데 그보다는 다른 어디 느낌이 더 많이 나고 색은 하늘색이었다. 힘바족은 거의 입지 않는 색깔이다. 나는 그 옷을 입었다. 다른 식구들이 다 있는 모임 방으로 내려갔는데 내려가자마자 그걸 입은 게 후회됐다. '바보, 바보, 바보.' 둘러보면서 나는 생각했다. '내가 너무 오래 나가 있었네.' 빤히들 쳐다보는 모두의 따가운 시선을 느끼면서 나는 일직선으로 그때 막 주방으로 들어가고 있던 어머니에게 갔다.

우리 어머니의 여자 형제 두 분이 펄펄 끓는 밥 냄비와 부글거리는 염소 고기를 넣은 밝은 노란색 커리 냄비를 들여다보며 서 계셨다. 우리 어머니는 붉은색 스튜가 가득 담긴 솥의 무거운 뚜껑을 열었다. 커다란 접시에 한가득 구워놓은 닭 날개를 스튜에 넣으려는 것이었다. 그 모든 광경에 나는 배 속이 꼬르륵거렸다. 움자 대학행성의 우리 기숙사 주방에서 온갖 이국적인 맛있는 음식을 만들어도 보고 먹어도 봤지만 향신료 넣어 지은 밥 한 접시에 닭고기가 들어간 매콤한 빨간 스튜를 곁들인 단순한 음식에는 그 무엇도 상대가 되지 않는다.

"엄마." 이모들이 못 듣게 작은 목소리로 내가 말했다. "이번에 여자들 순례는 언제 떠나요? 지구를 떠나 있다 보니까 시간 계산도 못 하고 소식도 못 들었어요." 초조한 마음으로 큭큭 웃으면서 어머니를 쳐다봤다. 어머니는 양 눈썹을 치올리셨다. 순례행을 가는 때는 근처 점토의 조성에 근거한 숫자로 계산을 해 정해서 커다란 야자나무 잎 세 장에 적는다. 이 잎들은 힘바 사람 전체가 알게 될 때까지 한 달도 더 되는 기간 동안 집집마다 회람시킨다.

"너 순례행 가려고?" 어머니가 물으셨다.

나는 고개를 끄덕였다. "물론 다들 보고도 싶죠. 그렇지만 이번에 집에 온 건 그 까닭도 있어요."

어머니와 내가 동시에 같은 말을 했다. "때가 됐잖아요." "때가 됐지." 그러고 나서 우리 둘 다 고개를 끄덕였다. 어머니는 손을 내밀어 조심스럽게 내 오쿠오코를 만져보시더니 한 가닥을 잡아서 꾹 쥐어보셨다. 나는 움찔했다.

"그래, 이제는 머리카락이 아닌 게로구나." 어머니가 말했다.

"아니에요."

나는 등 돌리고 선 이모들을 흘긋 보았다. 이모들이 냄비 속에 든 것을 저으면서도 이야기에 귀 기울이고 있다는 걸 알 수 있었다.

"그것이 한 짓이냐?"

"그것들이요." 내가 말했다. "오크우는 아니고요… 아닐 거예요." 내가 메두스 족장 앞에 무릎을 꿇고 내 목숨을, 그 메두스들 목숨과 또 움자 대학행성의 수많은 다른 이들 목숨을 구해보려고 하고 있을 때 침이 등을 찔러 들어오던 그 순간의 일을 기억해내면서 나는 잠깐 말을 끊었다. "사실은 오크우였는지 아닌지 몰라요. 본 것도 아니고."

"그것들은 집단의식이잖니. 그러니 상관도 없지." 어머니가 그렇게 말하곤 오치제를 문질러 벗겨 투명한 파란색에 끝은 더 짙은 남색인 원래의 색깔을 드러냈다. 나는 숨을 멈추고 있었다. 어머니가 어머니의 눈과 손으로 나를 조사해보고 있었던 것이다. 어머니는 낮게 입속말을 했고 나는 그대로 꼼짝하지 않았다. 우리 어머니는 가족을 보호하기 위해서만 수학적인 눈을 사용하셨다. 지금 어머니는 그걸 써서 나를 들여다보고 계셨다. 깊숙이까지.

'모든 걸 보실 거야.' 나는 생각했다. 몇 초가 지나갔고 손으로는 내 오쿠오코를 꼭 쥔 채로 어머니의 눈은 나를 꿰뚫어 보시고 어머니의 입술은 단순한 하지만 직관적인 매끄러운 방정식들을 속삭이셨다. 그 방정식들은 비누액처럼 내 두 귀에서 미끄러져나갔다. 나는 한 다리에 체중을 실었다가 다른 쪽으로 옮겼다가 하면서 어머니가, 언니들이 재밌게 구경하던 지나치게 극적인 뉴스 피드에서 어떤 어머니가 흥분한 나머지 그러던 것처럼 '오셔서 오염된 내 딸에게서 귀신을 쫓아' 달라고 그들을 부르는 것은 아니기를 일곱을 향해 빌었다. 갑자기 어머니는 내 오쿠오코를 놓고는 맑은 눈으로 나를 보시며 눈을 감박이셨다. 어머니가 내 턱을 받쳐 올렸다. "여자들 이번엔 내일 간단다."

나는 눈이 커졌다. "아니 그럼 어떡해요! 나… 나는 이제 막 도착했는데!"

"그렇지. 그렇게 재능 있는 조율사면서 넌 시간 맞추는 게 영 엉망이라니까."

"순례 때 입을 옷. 그 꾸러미에 들어 있는 거 그거죠?" 내가 물었다.

어머니가 끄덕이셨다.

"아는구나."

"너는 내 딸이야." 어머니가 말씀하셨다. 어머니는 나를 끌어당겨서 꼭 껴안아주셨고 나는 머리를 어머니 가슴에 기대고 한숨지었다. "아무리 네가 무슨 가장꾼같이 보이는 이 이상한 퍼런 옷을 입고 있더라도 말이지."

나는 펑 터지듯이 웃어버렸다.

* * *

내 형제자매 아홉 명 전원이 나를 환영하는 저녁 식사에 참석했다. 이모, 삼촌, 숙모, 사촌과 조카들 그리고 지역 힘바 의회의 대표인 카피카와 둘째 부인인 니카도 왔다. 내 제일 친한 친구 델레만 계속 안 보였다. 델레는 이착륙항에도 오지 않았다. 실망스러웠지만 아침이 밝으면 4일 걸리는 순례를 떠나기 전에 내 쪽에서 찾아볼 작정이었다.

"무슨 그런 옷을 입었어?" 사람이 가득 찬 모임 방으로 층계를 다 내려온 나에게 베라 언니가 물었다. "무슨 인어 가장꾼처럼 보이잖니. 호수에 가서 '마미 와타'에게 인사라도 드려야겠다." 자기가 말해놓고 자기가 웃었다.

나는 발끈 화가 났다. 베라 언니는 나보다 열한 살이 많고 키도 몇 치나 더 컸으며 정말 아름다워서 5년 전에 열다섯 명의 끝내주는 신랑감들 가운데서 골라서 결혼했다. 언니는 물의 정령처럼 잘생기고 아주 돈을 많이 버는 천문의 판매상을 선택했는데 그래서 아빠도 아주 좋아하셨다. 베라 언니는 또 내가 집을 떠난 '무책임하기 짝이 없는 이기적인 선택'에 관해 대놓고 뭐라고 하기로도 제일이었다. 언니는 두 살배기 아들을 옆구리에 붙여 안고 있었고 아이는 눈을 크게 뜨고 사랑스럽게 활짝 웃으면서 나를 주시했다.

"꼬마 주는 내 옷이 맘에 드는 것 같은데." 내가 말했다.

"주는 신기한 건 다 좋아해." 베라 언니가 주를 내려놓았다. 주는 아장아장 나에게 와서 더 가까이서 보고 싶어서 내 옷 끝자락을 거머쥐었다. "농담한 거야." 베라 언니가 말했다. "솔직하게 말해서 나는 네가 몸에 착 달라붙는 우주복이나 뭐 그런 걸 입고 돌아오지나 않나 하고 있었어. 이 옷 그리 나쁘진 않아. 그리고 네가 탈 없이 집까지 잘 와줘서 우리 모두 한시름 놨다."

언니는 나를 꽉 안아주었다.

"고마워."

그리고 그렇게 그날 밤의 모임이 시작되었다. 예상했던 대로였다. 나는 또래 친구들 몇의 근황을 들었다. 남자애고 여자애고 전부 다 당당하게 약혼들을 했다. 나는 참 잘됐다고 생각했는데 다만 아무도 나도 약혼을 하러 돌아온 건지 물어보는 사람이 없다는 점이 살짝 기분 나빴다. 카피카 의장이 힘바의 긍지에 관해 한 말씀 하셨다. "그리고 이제 우리 딸인 오셈바의 빈티 에케오파라 주주 담부 카입카가 돌아와 우리와 함께 있습니다. 이제 공동체는 스스로를 지키는 꽃송이처럼 도로 오므라들 수 있게 되었어요. 우리 모두 여기 있지요. 참으로 잘된 일이에요." 그이가 연설을 마치자 전원 박수갈채를 보냈다. 나는 마음이 불편한 채 미소 지었다. 두 달 후면 나는 다음 학기 시작에 맞춰 움자 대학행성으로 돌아갈 건데 이건 아직 굳이 모두에게 얘기를 할 건 아니었다.

결국에는 우리 모두 앉아서 음식을 먹기 시작했는데, 모든 게 엇나간 건 바로 그때였다. 나는 타조 고기 스튜를 한 번 더 떠서 맛있게 먹던 참이었고 내 위장은 평소보다 더 늘어나 있었다. 집에 오기 전 움자 대학행성에서 옥팔라 교수님은 가르치는 수학 학생들에게 날마다 진한 음식을 먹는 정도를 반드시 통제하도록 하라고 했다. 배부르게 먹어버리면 나무 노릇 하기가 힘들어진다고 교수님은 그랬다. 그 말씀이 맞았다. 나는 원래도 몸이 필요로 하는 것 이상의 음식을 먹는 사람이 아니었지만 매끼 좀 허기지게 먹으면 정신이 더 명징해진다는 걸 깨달았다. 여러 달에 걸쳐서 나는 서서히 이런 '양이 차지는 않는' 감각에 익숙해졌다. 그렇다지만 오늘은 실컷 먹었다.

나는 느려지고 무거워진 기분이었다. 그리고 먹고 있는 지금은 일단 반갑게도 내가 혼자였다. 먹는 음식에 집중하는 편이 나았다. 우리 아버지는 몇 자 안 되는 거리에서 형제 두 분과 함께 서 계셨다. 기드온 삼촌과 악페 삼촌. 한 시점에 기드온 삼촌은 무슨 얘기에 요란하게 웃고 있었는데 그리고 나서 다음 순간 휘청 쓰러지려는 우리 아버지 몸을 붙들어 지탱을 하려고 애를 썼다.

"아빠!" 내가 뛰어 일어나며 빽 소리를 질렀다. 아버지가 쓰러진 게 진공을 만들기라도 한 듯 방 안에 있던 모든 사람들이 그리로 몰려들었다. 베나 오빠가 나보다 먼저 아버지에게 갔는데 그러느라고 나를 옆으로 밀치고 갔다.

어머니가 득달같이 달려오셨다. "모아우고." 어머니가 소리쳤다. "모아우고, 왜 그래요?"

베나 오빠와 삼촌이 아버지를 일으켜 세웠다. "괜

찮아." 아버지가 우겼다. 하지만 숨이 밭았다. "난 괜찮아." 말씀을 하시는 동안에도 아버지는 힘없이 두 손을 맞잡은 채 아프신지 움찔 경련을 했다. 그리고 이때가 되어서야 나는 아버지 손가락 관절들이 엄청 부어 있는 걸 알아차렸다. 붓다 못해 땡땡했다. 아버지가 언제부터 관절염이 생기신 거지? 베라 언니가 아들을 치맛자락에 단 채 내 옆으로 쓱 나서는 걸 보고 나는 눈살을 찌푸렸다. 게다가 큰언니인 오마이히 언니도 그 반대쪽에서 나섰다. 내가 키가 작은 건 아닌데 내 여자 형제들은 두 살 밑인 동생 페라까지도 다 나보다 키가 컸다. 베라 언니와 오마이히 언니 사이에 끼자 나는 기골 장대한 어른 두 명 사이에 선 어린애 같은 기분이 들었다.

"아빠, 괜찮으세요?" 오마이히 언니가 물었다.

"그래, 그래. 괜찮다." 삼촌들의 도움을 받아 자리에 앉으면서 아버지가 우기셨다. 베나 오빠가 베라 언니와 오마이히 언니와 내가 있는 데 끼었다. 팔은 팔짱 끼고 얼굴은 인상을 쓴 채였다.

"아빠는 항상 과하게 그러신다니까." 오빠가 말했

다. "온종일 가게에 서서 천문의 작업을 하시곤 저녁 드시러 온 자리에서도 도무지 앉질 않으니."

"거봐. 이제 알겠지, 빈티." 베라 언니가 쌔액 소리를 냈다.

언니 오빠 모두가 나에게 눈을 부라리고 있는 게 느껴졌다. "언제부터 이렇게 되신 거야…."

"네가 떠난 때부터야. 정말로." 베라 언니가 날 똑바로 보면서 말했다. 베나 오빠와 오마이히 언니도 나를 보았다.

"뭐라고?" 내가 물었다. "언니는 내가 집을 떠나서 아빠가 이렇게 된 거라고 생각해?" 베라 언니는 코웃음 치고 계속 나를 노려보기만 했다.

나는 두둔을 바라며 베나 오빠와 오마이히 언니를 쳐다봤지만 두 사람은 아무 말이 없었다.

"너무하네." 내가 말했다.

"명명백백한 사실이야." 베라 언니가 말했다. 뾰족하게 언성을 높였다. 나는 주위를 둘러보았다. 다 들으라고 그러는 거였다. "빈티, 이왕에 네가 여기 와 있으니까 껄끄럽더라도 사실은 사실로 알아야 할 것

같아."

"또 언감생심 한밤중에 꼬리를 감출 배짱을 낼까 봐서 그런다." 오마이히 언니가 확고한 어조로 덧붙였다.

"나… 나는 한밤중에 떠나지 않았어. 아침 일찍 출발했다고." 내가 중얼거렸다. 나는 숨을 깊이 들이마시고 한 손을 앞주머니에 넣어 내 에단을 움켜쥐었다. 그것은 내 것이었다. 열두 개도 넘는 행성을 지나야 있는 대학교, 우리 언니들과 내 가족들은 결코 발 디뎌본 적도 없는 거기서 내가 연구하던 물체다.

베라 언니가 성큼 다가섰다. 앞으로 몸을 기울여 자기 코를 내려다보듯이 날 내려다봤다. 오치제로 덮인 언니의 머리 가닥들은 무릎까지 닿을 정도로 길어서 그에 비하면 내 오쿠오코는 꽃이 만개한 나무 옆에 싹눈을 대어보는 것 같았다. "아빠를 보라고! 네가 가게를 이어 받았어야 할 거 아니니. 그럼 아빠가 자리에 앉아서 뿌듯해하실 수 있었을걸. 너를 만나 우리 모두 무척이나 기뻐, 빈티. 그렇지만 넌 부끄러운 줄을 알아야 해. 그렇게 이기적으로 굴었으니 살해될 뻔했지!" 이제 언니는 집게손가락을 내 얼굴에 들이대고 있었다. 귀에서 심장 뛰는 소리가 들렸다. "그랬으면 아빠는 어떡하셨겠어? 그리고… 그리고 설령 네가 죽는다고 해도 세상은 그대로 굴러갈 거야. 네가 뭐나 돼? 넌 유명 인사가 아니야."

나는 내 에단을 부르쥔 채였다. 하지만 어째서인가 가만히 있을 수 있었다. 방 안 전체가 조용해져 귀 기울이고들 있었다. 우리 부모님 어디 계시지? 저기 계시네. 몇 걸음 거리에. 아버지는 이제 앉아 있었고 어머니와 삼촌들이 그 옆에들 있었다. 모두들 우리를 그냥 쳐다보고만 있었다.

"이 짓 그만하고 집에 오지 않으면 앞으로 넌 평생 외톨이야." 맏언니가 덧붙였다. 그 목소리는 베라 언니처럼 큰 소리는 아니었지만 훨씬 더 엄격했다. "행성들 사이를 이리 날아갔다 저리 날아갔다 하다니. 넌 속도를 늦춰야 해."

모임 방 안 몇 사람이 큼큼 소리를 내어 동의했다.

"일곱께서 이거 하라고 날 창조했다 믿는 일을 하고 있는 거야!" 내가 말했다. 하지만 내 목소리는 새

되고 숨이 모자랐다. 터뜨리고 말 것 같은 분노를 제어하느라 있는 대로 힘을 쓰느라 머리가 어지러웠다. 할 말은 꼭 해야겠고, 떠난 이래로 나의 내면 깊은 곳에 자리 잡고 있던 그 수치심은 느껴지고. "그 우주선에서 내가 한 일이 뭔지 알기는 해? 다들 죽었다고. 조종사하고 나 빼고는 다! 나는 그들이 그 일 하는 걸 직접 봤어! 나는…."

"그랬는데 그 후엔 인류의 적을 친구 삼았지." 내 등 뒤에서 베나 오빠가 말했다.

나는 휙 몸을 돌려 말했다. "아니, 쿠시족의 적이지. 잘 알면서. 오빠는 글 읽기 떼고부터 쭉 그이들 욕만 하지 않았어?" 나는 도로 베라 언니 쪽을 보았다. 언니는 들으란 듯이 큰 소리로 이 끝을 혀로 차곤 역겹다는 듯 날 위아래로 꼬나보고 있었다.

"지금 네 꼴 참 추하다, 빈티." 언니가 말했다. "말하는 것도 아예 딴판이네. 더러운 게 옳았어. 나이는 거의 열여덟 살이나 먹어놓고. 어떤 남자가 너하고 결혼을 하겠니? 이제 네가 애들은 어떤 애들을 낳겠어? 네 친구 델레는 너 보고 싶지도 않대!"

이 맨 끝말은 뱀이 무는 것 같았다.

"아예 집에 오질 말지." 베라 언니가 으르렁거렸다. 언니 얼굴이 내 얼굴에서 몇 치밖에 안 됐다. 내 얼굴을 주먹으로 치고 싶은 걸 참는 언니 심정이 만져지듯 느껴졌다. '치지 그래.' 내가 눈으로 말했다. '어디 쳐봐.' 두 뺨에 뜨겁게 열이 오르고 온몸이 떨려왔다.

"이젠 이쪽 여자애들 중에 네가 한 짓을 하려고 작정한 애들도 있어." 언니가 말했다. "넌 장차 숙련 조율사가 될 애였는데 지금 네 꼴을 봐라. 네가 여기에 조화는 무슨 조화를 가져오니?"

나는 가장 간단한 수식이라도 붙들려고 애를 썼다. $1+1$, $0+0$, $5-2$, $2×1$. 그 우주선상에서 했던 대로 하려고 애썼다. 내가 내 두 손에 내 목숨을 쥐고 있던 그때, 인간들 중 몇으로 인해 모든 인간을 극렬히 증오하게 된 이들을 마주했을 때 했던 대로 해보려고. 하지만 숫자란 숫자는 모두 거머잡으려는 내 마음의 손을 싹싹 벗어났다. 눈에 보이는 것이라고는 오치제에 덮인 언니 얼굴과 언니가 딱딱 내놓는 말마디에 맞추어 짤랑거리는 기다란 은 귀걸이들과 사암과 금으로 된 목걸이, 여기 있는 사람 모두에게는 은하계에서도 제일가는 대학교 학생이 되러 다른 행성으로 가는 것보다 한층 가치 있는 걸로 여겨질 결혼 목걸이뿐이었다.

언니는 한 걸음 더 다가들었다. "너는 불화를 불러들이고 있어! 생각해봐라. 만약에…."

"그만해!" 내가 언니를 향해 고함을 쳤다. 분노로 후들후들 떨면서. "언니가… 언니가 도대체 뭔데?" 나는 더 이상 말을 잇지 못했다. 대신에 훅 숨을 들이마시곤 생각한 적도 없는 짓을, 아무리 머리끝까지 화가 났을 때라도 하리라곤 생각도 못 해본 짓을 했다. 베라 언니 얼굴에 침을 뱉었다. 침은 언니 뺨에가 떨어졌다. 그 즉시 나는 내 행동을 뉘우쳤다. 그러면서도 그만 입을 다무는 대신에 나는 고래고래 계속 소리 질렀다. "내가 누군지 베라 네가 알기나 해?" 후회가 무겁게 눌러오고 있어도 언니에게 그렇게 호통을 치니 기분이 끝내줬다. 모두에게 내지른 호통이다. 나는 더 뭐라고 할 참이었는데 그때 베라 언니가 얼굴에 내 침이 묻어 번질번질한 그대로 빽 소리를 질렀다. 언니는 마구 뒤로 물러나느라 의자 하나를 쓰러뜨렸다. 언니의 팔꿈치에 맞아 식탁 위 물컵이 쓰러졌고 컵은 식탁 가장자리로 데구르르 굴러가 바닥에 떨어져 산산조각 났다. 아버지가 놀라 억 소리를 치셨다. 뒤에서는 베나 오빠가 헉 숨을 삼키고 마찬가지로 허겁지겁 내게서 물러나는 기척이 났다.

베라 언니는 두 손을 쳐들고 고개를 막 흔들고 있었다. 그러면서 속삭였다. "미안해, 미안해, 빈티야. 미안해!"

"저 애한테서 물러들 나." 삼촌 중 한 분이 하는 말이 들렸다. "모두 다."

"카이!" 누군가 소리 질렀다. "저게 뭐지?"

나는 둥그런 식탁 건너편에 앉아 있던 네 살 먹은 내 여자 조카애가 먹던 닭 다리를 떨어뜨리고 우리 큰오빠 오메바의 다리에 얼굴을 묻고 있는 걸 보았다. 오빠는 입을 벌린 채로 멍하니 나를 쳐다보고 있느라고 아이가 그러는 줄도 알지 못했다. 사람들이 밖으로 도망쳐 나가고, 자기 눈들을 가리고, 몸을 움츠리고 구석에 숨었다. 나는 얼이 나간 우리 어머니와 눈이 마주쳐 한참 동안 거기에 시선이 붙들려 있었고 그때에야 비로소 지금 무슨 일이 벌어지고 있는 건지를 깨달았다. 내 오쿠오코. 그것들이 내 머리 위에 곤두서 꿈틀거리고 있었다. 또다시.

"조화를 이루는 내 딸이 어떻게 되고 만 거냐?" 우리 아버지가 낮게 묻는 소리가 들려왔다. "평화를 가져오는 아이가? 얘가 언니 얼굴에 침을 뱉는구나." 아버지는 오른손으로 눈을 꾹 덮으셨다. 손마디가 너무나도 울퉁불퉁했다.

나는 주머니 안에 쥐고 있던 에단을 놓고 가슴에 손을 댔다. 내 안의 분노가 물러났다. "아빠, 저는요…."

"그곳이 너한테 무슨 짓을 해놓았니?" 여전히 얼굴을 감싸 쥔 채로 아버지가 물으셨다.

눈물이 뚝뚝 떨어지는 걸 멈출 수 없었다. 도무지 내가 뭐 어떻게 되었다는 건지 정말 알 수 없었다. 어떨 때는 그런 게 정말 있었다가 또 어떨 때는 그런 건 없었다. 나는 평온했다. 그러다가 문득 보면 온통 전쟁을 하게 되었다. 내 피붙이 형제자매들이 줄곧 나를 공격했다. 평화가 무슨 도움이 되었겠는가? 나는 이런 얘기를 꼭 하고 싶었다. 모두에게 정말 설명하고 싶었다. 그러는 대신에 나는 저녁 식사 자리에서 도망쳐 나왔다. 가족들이 나 없는 자리에서 계속들 내 얘기를 하시라고 자리를 떴다. 내가 떠난 후로 그렇게들 했을 것처럼. 층계를 올라가면서 나는 벌써 시작한 소리를 들었다. 베라 언니가 말문을 열었고 이어서 오빠들이 말했다.

방에 들어와 문을 메어치듯 닫고는 그냥 거기 서 있었다. 온몸이 심하게 후들거렸다. 집에 와 내 가족 품 안에서 쉬려고 그 먼 길을 왔는데 이제 내가 내 발로 쫓겨 나왔다. "가장꾼이라도 제 동족이 있지. 혼자 헤매 다니는 건 혼령뿐이야." 우리 아버지가 일쑤로 하시던 말이다. '이 상황 바로잡아야 해.' 나는 절박하게 생각했다. 하지만 정신에 아드레날린과 분노가 너무 가득 차 있어 무슨 생각이 나지 않았다.

침대 위에 놓인 선물이 눈길을 끌었다. 나는 그걸 끌러서 그 안에 들어 있던 비단 래퍼와 그와 한 벌인 윗도리와 베일을 펼쳤다. 모두 짙은 주황색, 오치제

색이었다. "아름다워." 나는 속삭였다. 한낮의 태양 아래 사막을 걷는 걸 그늘에 서 있는 것처럼 만들어줄, 날씨 대응 처리가 된 가볍고 멋진 원단이다. 소녀든 어른 여자든 순례 때 입는 옷은 가장 비싼 옷, 보물처럼 아끼는 옷이다. 결혼 날이 될 때까지는 말이다.

나는 쓴웃음을 터뜨렸다. 이 옷은 내 평생 가장 비싼 옷, 보물처럼 아끼는 옷이 될 것이다. 아마도. "나는 결혼 못 해." 내가 중얼거렸다. 내가 해놓은 말에 어처구니가 없어 혼자 킬킬 웃음이 났고 그 웃음이 더 커졌다. 곧 나는 배 근육이 뭉치도록 심하게 웃어대고 있었다.

진정이 되고 나서 나는 귀를 기울였다. 아직도 가족들이 모임 방에서 큰 소리로 이야기하고 있는 소리가 났다. 나는 순례 옷을 털어 펴서 의자에 놔두었다. 그리고 내 천문의와 에단을 꺼내 침대 위에 나란히 놓았다. 눈을 감고서 옥팔라 교수님이 가르쳐주신 숨쉬기 연습법 중 한 가지를 해보려는데 천문의가 울렸다. 누군가가 전화를 건 것이었다. 나는 멈추었다. 눈은 감은 채로 과연 누구일지 명단을 죽 훑어보았다.

언니들일까? 아마 그렇겠지.

아버지? 아니야.

어머니? 그럴 수도.

삼촌들이나 이모? 그렇기도 쉽겠다.

나는 눈을 뜨고 내 천문의의 동그란 화면을 가득 채운 델레의 얼굴을 보았다. 델레는 내가 전화받기를 기다리며 자기 손을 내려다보고 있었다. "델레." 내가 불렀고 그러자 착신 신호음이 멎었다. 델레가 눈을 들어서 나를 보았고 우리는 물끄러미 서로 바라보았다. 내가 떠난 후로 우리는 한번도 말을 주고받은 적이 없었다. 델레는 내 전화를 받지도 되걸어주지도 않았고 자기 쪽에서 나에게 전화한 적이 없었다. 지금 델레는 나이가 더 든 모습이었다… 그리고 철도 들어 보였다.

"수염 길렀네." 불쑥 나온 말이었다. 거뭇거뭇한 정도의 옅은 수염이었지만 수염은 수염이었다.

"내가 힘바 의회에 들어갔거든." 이 소식을 전하면서 델레는 웃지 않았다. 그러고 나서 그는 그저 나를 지그시 보기만 했다. 나도 마주 응시했다. 힘바 의회에? 요담에 의장 밑에서 수습이 되는 건가? 델레가? 의회 수습은 힘바 땅을 떠나서는 안 되었다. 델레가 언제부터 그렇게나… 뿌리를 박았지? 아래층에서는 아직도 이야기 중이었다. 언성들이 높았다. 지금 어머니 말소리가 들려왔다. 고함을 치신 건가?

"어떡하고 지냈어?" 결국 내가 물었다.

"여기 있었지." 델레가 말했다.

침묵 추가. "무슨… 무슨 용건이야, 델레?"

"너희 언니가 너한테 지금 당장 전화하라고 메시지 보냈어." 델레가 말했다. "무슨 일 있어?"

"결국에 나한테 연락을 한 게 그래 그 이유야?"

"떠난 건 너였어. 내가 아니야."

"그래서?"

침묵.

"델레…, 도저히 너한테 얘기할 수 없었어." 내가 말했다. "내가 안 갈 거라고, 가서는 안 된다고 다들… 네가 그냥 그렇게 생각하고 있었잖아. 나는 꼭 가고 싶었어, 델레. 정말 너무나도. 온 마음을 다해서 무언가를 원한 적 너는 없어? 그렇게 원하는데 사람들은…."

"그렇게 원하는데 가족 중에서 누구 한 사람, 부족 전체에서 누구 한 사람 내 편을 들어주지 않았다, 그런 거? 아니, 빈티, 난 그런 적 없어. 그러면 그건 내가 이기적인 거지. 나는 쿠시족이 아니야."

델레와 나는 우리 둘이 아기였을 적부터 알고 지냈는데 자라나면서 델레는 차츰 전통적인 힘바 방식 쪽으로 더 기울며 더 적극적으로 그 방식을 끌어안아갔다. 우리는 이 점을 두고 농담을 하고 논쟁도 하곤 했으나 언제나 우리 우정이 법이며 규칙이며 그 외 다른 것들을 이겨냈다. 거기에 더하여 전에는 델레가 전통을 답습하는 것이 그 애를 정말 강한 사람, 중요한 사람처럼 보이게 만들었다. 내가 안 좋아하는 거였는데도 말이다. 이제 델레는 수염을 기르고 있었다.

"너는 애가 너무 복잡해, 빈티." 델레가 말했다. "내가 연락 안 하고 있었던 건 그 때문이야. 넌 나한테 제일가는 친구야. 정말로. 그리고 나는 네가 그리워. 그렇지만 너는 너무 복잡해. 게다가 네 모습 좀 봐. 이제 한층 더 낯설어졌잖아." 델레는 카메라에 대고 손가락질을 했다. "그런 걸 달고 오치제로 덮는다고 내가 못 볼 줄 알았어? 나는 너를 알아."

나는 침대에 털썩 주저앉았다. 다시금 숨이 탁 막히는 느낌이었다. 언니가 델레한테 내 오쿠오코 이야기를 했나? 카메라를 통해서 정말 보이나? 오쿠오코가 지금은 움직이고 있지도 않았다.

"이렇게 갖가지로 모나게 굴어서 뭘 이루려고 그래?" 델레가 물었다. "네 얼굴만 봐도 보인단 말이야. 멀쩡한 상태가 아니라고. 지쳐 보이고 슬퍼 보이고 또⋯."

"그건 방금 있었던 일 때문에 그래!" 내가 말했다. "그 얘기나 좀 물어보면 어떠니? 내 평생 한 선택 중에서 가장 대단한 선택 탓에 안 좋은가 보다 짐작이나 할 게 아니라? 내가 속이 안 좋은 건 집에 와서 그래! 여기 오기 전에는 멀쩡했어." 물론 이 말은 전부 참은 아니었다. 하지만 말하고자 하는 요점을 분명히 해야 했기에 그렇게 말했다.

"우리 모두 너를 사랑해." 델레가 말했다. "네가 떠난 일로 너희 가족이 얼마나 고통을 겪었는지 넌 몰

라. 너희 아버지 사업은 너로 인해 더 번창했을지 몰라도 건강은 쇠하셨어. 그건 우리 마을의 안녕에 이바지하는 일이 못 되지. 너희 아버지는 우리 두목보다 윗길 가는 부족의 지도자인걸! 그분이 숙련 조율사시잖아! 그리고 이곳 사람들은… 네 여동생들이랑 여자 사촌들에게 물어봐. 사람들이 어떻게 대하느냐고. 네가 그 애들에게 때를 묻혀놨어. 그 애들도 결혼을 하기가…."

"어느 것도 내 잘못은 아니잖아!"

델레는 말을 끊고 절레절레 고개를 저었다. 낮게 클클 웃으면서. 그러고 나서 다시금 우리는 서로를 빤히 응시했다.

델레가 한 손을 내저었다. "너한테는 무슨 말을 못 하겠다, 빈티."

"나도 너하고는 말이 안 통하네." 내가 쏘아붙였다.

"내일 순례 간다는 얘기 들었어." 델레가 말했다. "넌 때를 잡아도 하필. 그래도 잘 다녀와."

"고마워." 시선은 딴 데를 향한 채 내가 말했다.

"너야 네 앞가림 네가 알아서 잘하겠지." 델레가 냉

정하게 말했다.

　그러고 나서 델레는 끊었다. 그리고 이제 처음으로 현실이 깊이 실감이 되었다. 도망갔던 처녀를 원하는 남자는 없었다. 나하고 결혼할 남자는 아무도 없으리라.

　나는 천문의와 에단을 옆으로 밀어놓고 내 침대에 누웠다. 몸을 둥글게 말고서는 엉엉 울다가 잠이 들었다.

밤의 가장꾼

나는 몇 시간 후 눈물과 말라버린 오치제와 콧물로 더께 진 얼굴을 한 채 잠에서 깨었다. 욕실로 가서 코를 풀고 닦았고 거울 속 내 모습을 보았다. 바른 지 오래된 오치제가 뺨과 이마에서 꺼풀로 벗겨져나가고 깨끗한 갈색 맨살이 점점이 드러나 있었다. 일어난 오치제를 다 떼낸 다음 다시 발라야만 했다. 그러면 기분이 한결 평소 같아지겠지 나는 알고 있었다. 지금 쓰고 있는 오치제가 다른 행성의 점토로 만든 것이라는 건 알지만 그렇다고 주춤하진 않았다. 거울 속 핼쑥한 얼굴을 지그시 들여다보면서 나는 집 뒤쪽을 향해 난 창에 눈길을 스치고는 오크우가 거기 바깥에 있다는 걸 기억해냈다.

나는 발끝걸음으로 아래층에 내려가 큰방을 엿보았다. 아직 깨어 있는 사람 몇이 안에 있었다. 한쪽 구석에서 낮은 목소리로 잡담하는 중이었는데 베라 언니도 그중 한 명이었다. 요를 깔고 납작한 베개를 베고 몸을 옹송그린 사람들도 여럿이었다. 나는 뒷문으로 몰래 빠져나갔고 그러다 오크우를 들이받을 뻔했다.

"잘 안 됐네." 그것이 말했다.

"응." 그 기체 채운 천막을 보러 가려고 오크우 옆으로 빙 돌면서 내가 말했다. 천막은 높고 폭이 넉넉해서 거대한 메두스를 연상케 했다. 어쩌면 아버지가 이걸 세우면서 의도한 게 그거였을지도 모른다.

"너희 아버지가 나와서 확인하고 가셨어." 오크우가 말했다. "화나신 것 같던데."

나는 끙 소리를 냈지만 더 이상 그 이야기는 하지 않았다. "너 호수 보러 갈래?" 내가 말했다.

오크우는 아주 많은 양의 기체를 뭉클 뱉어냈고 나

는 기침을 하여 내 주위 공기를 부쳐 흩었다. "갈래."
오크우가 말했다. 어찌나 또렷하고 큰 음성이었는지
그 진동에 머리가 다 지끈거렸다.

우리 고향 마을 오셈바는 흙길부터 시작해서 돌과
사암으로 지은 건물들까지 대체로 갖가지 색조의 뿌
연 갈색이었다. 전통적인 원뿔형 지붕이 여러 개 있
는 뿌리집과 같은 단단한 석조 건조물 몇 채가 한데
모여 있는데 그쪽이 제일 오래된 건물들이었다. 뿌리
집은 오셈바에서 제일 바깥쪽 가장자리에 자리 잡고
있다. 서쪽으로 1마일쯤 가면 사구가 점토가 많은 땅
을 집어삼키려고 위협해오기 시작한다. 반대쪽으로
는 흙길인 큰길을 쭉 따라 다른 집들을 지나고 서부
아침 수크(아프리카 일부 지역에서 장터를 부르는 말. 때에
맞추어 노점이 열린다—옮긴이) 자리인 작은 공간을 지
나면 거기가 호수다. 오셈바의 나머지는 그 호숫가를
따라 펼쳐져 있다.

오크우와 나는 캄캄한 깊은 밤중에 그 길을 걸어갔
다. 우리 힘바 사람들은 태양의 족속이다. 해가 지면
우리는 집에 간다. 밤은 대체로 수면과 가족과 자기

123

성찰을 위한 시간이다. 그렇기에 길은 오크우와 내가 독차지했고 나로서는 다행이었다. 나는 내 천문의를 써서 길을 비추었다. 오크우를 자주자주 곁눈질해 보았는데 그것은 내 옆에서 둥둥 떠 가면서 이쪽을 돌아보고 저쪽을 돌아보며 오셈바를 구경했다. 메두스로서는 최초다. 평화 시건 전쟁 중이건.

"물 냄새가 나." 오크우가 몇 분 지나 이렇게 말했다.

"우리 바로 앞쪽에 있어." 내가 말했다. "저 탁자들이랑 중간에 친 나무 가로대들은 매일 아침 여기서 열리는 수크에서 써. 움자의 시장이랑 비슷한 건데 인간들만 있는 거야, 물론."

"그렇담 움자의 '파란 시장'하고는 안 비슷하잖아." 오크우가 말했다.

"아니, 구조가 그렇다는 말이야. 옥외에서 이것저것 물건들을 파니까. 가자. 저기 지나면 바로 호수야."

"어떻게 공기에서 물 냄새가 나지?" 오크우가 오치 힘바로 물었다. 그것이 내 언어로 말하는 걸 들으니 그것이 느낀 놀라움이 더한층 뚜렷했다. 나는 미소 짓고 걸음을 더 빨리했다. 좀처럼 흥분 않는 오크우

124

가 흥분하니 기분이 좋았다.

오크우를 대동하고 모래톱에 가 걸음을 멈추었을 때 나는 재빠르게 숨을 깊이 들이쉰 다음 호흡을 멈추었다. 퍼엉. 오크우의 기체가 너무나도 짙게 내 주위에 피어올라서 잠시 동안 보이는 것이라고는 연보랏빛으로 물든 내 천문의 불빛의 선뿐이었다. 나는 오크우한테서 몇 걸음 떨어지면서 숨 쉴 수 있는 공기가 나올 때까지 그 기체를 손으로 부쳐 흩었다. 그랬는데도 기침이 나서 기침을 하면서 깔깔 웃었다. "오크우, 진정해…." 내가 할딱거렸다.

하지만 오크우는 거기 없었다. 나는 얼른 천문의 불빛을 주위로 휙휙 비춰보고 한꺼번에 두 가지 사실을 깨달았다. 첫 번째는 오크우가 물을 향해 떠가고 있다는 것. 거센 바람에 불려 가듯이 빠르게도 움직이고 있었다. 두 번째는 그걸 보는 데 내가 비추는 빛은 필요치 않았다는 것. 왜냐하면 호수에서 나오는 빛이 충분하고도 남았기 때문이다. '호수에서 빛이 나네.' 생각이 더디게 들었는데 왜냐하면 또 한 가지 생각이 내 주의를 다투었기 때문이었다. '오크우가

과연 헤엄을 칠 수 있을까? 그러고 보니 물에 소금도 들었잖아.'

"오크우." 내가 물 쪽으로 달려가면서 소리쳤다.

하지만 오크우는 물속으로 스르르 날아가 순식간에 잠겨들었다. 그러곤 모습을 감추었다. 나는 물이 무릎까지 차도록 첨벙거리며 따라 들어갔고 그쯤에서도 물의 뜨뜻한 부력이 벌써 느껴져왔다. 물이 나를 위로 들어올리려고 힘을 쓰는 느낌이었다. "오크우?" 내가 소리쳤다. 내 주위로는 녹색 전깃불이 깜박거리고 있었다. 송이깜박이달팽이 철이라서 물이 생물발광을 하는 갓 깬 새끼 달팽이로 가득했다. 그 조그마한 생명체들은 무슨 신호인지 제각각 제 나름의 신호를 보내며 명멸하고 있었다. 별이 너무 많은 은하수를 헤치고 들어가는 기분이었다.

나는 오크우를 찾아 철벅철벅 물속으로 더 나갔다. 아예 뛰어들어 찾아봐야 하나 싶어 멈춰 섰다. 나는 헤엄을 칠 줄 모른다. 하지만 높은 염도 때문에 빠져 죽을 리는 없다. 물이 저절로 나를 수면으로 밀어 올릴 터였다. 그렇기는 해도 내가 오크우 뒤를 따라 들어간다면 물이 내 오치제를 씻어내고 만다. 그러면 누가 보는 날에는, 혹시 우리 동족들이 내가 미쳤다고 아직 생각 안 하고 있었다 치면, 오치제를 바르지 않은 채 바깥에 나다니더라는 소문이 퍼진 후엔 영락없이 그렇게 생각하게 될 것이다.

"오크우?" 내가 마지막으로 소리 질렀다. '물이 그 녀석 몸을 그냥 녹여버린 거면 어떡하지?' 나는 빛이 나는 물을 보았고 오크우를 찾아 몸을 던져 더 들어가볼 마음으로 발로 물장구칠 준비를 했다. 그러는데 몇 미터 물속에, 반짝이는 녹색 별들 가운데 회오리 무늬를 일으키는 은하가 보였다. 소용돌이치는 새끼 달팽이들에 휩싸인 오크우의 실루엣이었다. "아니?" 내가 숨소리만으로 말했다.

이윽고 오크우의 갓이 솟아올랐다. 오크우는 반쯤 물에 잠긴 채로 능숙하게 헤엄을 치고 있었다. 내 쪽으로 왔지만 물이 너무 얕아져 몸을 반 담그는 게 되지 않자 멈추었다. "조상님들이 춤추고 계셔." 오크우가 오치힘바로 말했다. 그 음성은 지금껏 내가 오크우의 말에서 들은 일이 없을 정도로 크나큰 감정으로 흔들리고 있었다. 그러고 나서 오크우는 도로 물속으로 헤엄쳐 들어갔다. 그 후 30분 동안을 오크우는 달팽이들과 춤추었다.

나는 모래톱에 앉았다. 긴 치맛자락으로 오치제가 벗겨진 다리를 감싸고 우리 고향 호수의 반짝거리는 녹색 빛 속에 앉아 있었다. 전통적으로 어른이든 아이든 힘바 여자에게는 드러내놓고 호수에서 수영을 하는 건 고사하고 물에다 몸을 담그는 것부터가 금기였다. 나는 움자 대학행성에서 기숙사에 있으면서 점차 물 목욕을 좋아하게 되었다. 그래도 주위에 아무도 없다는 걸 거의 확신할 수 있을 때만 했다. 거기 앉아서 오크우가 자기 신과 춤추는 걸 보고 있노라니 수영하는 게 나에게는 금기인데 오크우에게는 그런 금기 자체가 금기라는 게 얼마나 이상한 일인가 생각했다.

나는 그 생각을 떠올렸다. '신들은 천변만화하지.'

* * *

나는 내가 왜 그러는지 몰랐다.

오크우가 제 신과 춤추는 걸 보고 나서도 가족 식사에서 받은 상처와 분노가 몸속에 얼마간 남아 순환하고 있었다. 그래서 한 시간이 지난 후 나는 내 방바닥에 앉아 내 에단의 선들을 손가락으로 더듬어가며 옥팔라 교수님이 가르쳐주신 대로 거기 대고 콧노래를 불렀다. 수학적인 화음에 더하면 내 목소리의 낮은 진동이 때로는 일반적으로는 건드릴 수 없는 몇몇 에단들의 센서에 가닿을 수도 있기 때문이다.

내 방 창은 열려 있어서 서쪽에서 불어오는 서늘한 사막 바람이 불어 들어오며 주황색 커튼을 안으로 밀었다. 그 산들바람의 흐름은 내가 불러일으키고 있던 수학적 흐름을 교란했다. 그 교란으로 인해 불현듯 내 머릿속에 원래 내가 하려던 것을 약화시키는 게 아니라 도리어 강화시키는 수식이 짜였다.

콧노래를 부르면서 저절로 나무를 탔다. 나는 호수의 물처럼 매끄럽고 부력이 있고 잔잔한 숫자들을 받침 삼아 그 위에 둥둥 떠갔다. '아름다울 뿐이네.' 내가 생각했다. 막연하니 멀어진 기분이면서 가까워지고 통제된 기분도 들었다. 내 두 손이 일했고 이내 나는 손가락으로 에단의 삼각형 면들 중 하나를 쓸었다. 그 면이 미끄러져 열리더니 쏙 빠졌다. 피라미드 꼭짓점 안에 또 한 겹 금속 벽이 있어 거기에는 또 다른 기하학적 고리 무늬, 소용돌이 무늬들이 새겨져 있었다. 옥팔라 교수님은 이걸 '언어 밑에 또 다른 언어'가 있는 거라고 표현하셨다. 내 에단은 하나부터 열까지 의사소통이 관건이었다. 한 꺼풀 벗기면 또 한 꺼풀이 있고, 그것들이 배치돼 있는 방식은 또 하나의 언어였다. 내가 배워가고는 있지만 언젠가 정말 통달을 하긴 하게 될까?

"아아." 나는 한숨지었다. 그러고는 피라미드에서 또 한 조각 삼각형을 빼내자 내가 불러일으킨 흐름이 두 조각의 삼각형을 붙들어서 내 눈앞 공중에 띄워놓았다. "올려." 내가 속삭였고 그러자 에단이 두 개의 삼각형 금속편을 따라왔다. 그것들은 언제나 그랬던 대로 천천히 회전하기 시작했다. 에단이 작은 행성이 되고 빙빙 도는 납작한 달이 되어서 돌아간다. 내 방 안에 팔락거리던 조그마한 나방 한 마리가 이제 에단이 내는 빛에 이끌려 에단 쪽으로 날아왔다가 곧바로 회전 중인 기류에 붙들렸다.

금속 삼각형들 사이에 파닥이면서 좌충우돌하는 나방의 존재 탓이었을까? 나는 모른다. 내가 모르는 일이 항상 너무나 많지만 모른다는 것도 그 자체로 한몫을 했다. 이유가 뭐였든 간에 내 에단은 돌연 여러 개 돋쳐 있는 피라미드 꼭짓점들로부터 삼각형 면들을 더 털어내고 있었고 벗겨져 나온 조각들은 회전에 합류했다. 내 에단에서 남아 있는 부분이 중앙에 떠 있었고 나는 동굴처럼 고적한 명상에 잠긴 채 놀라움에 한숨지었다. 그것은 금빛 금속 구였다. 표면에 깊게 마구 소용돌이치는 선들이 새겨져 있는데 선들끼리 닿지는 않아 지문과도 비슷했다. 순금으로 된 걸까? 금은 굉장한 전도체다. 저기에 흐름을 이끌어 넣으면 그 움직임이 얼마나 정밀할지 상상해보라. 그렇게 한다면 저 구체도 열릴까? 어쩌면 심지어… 말을 할까?

빙빙 돌아가던 나방이 가까스로 뚫고 나갔다. 그러자마자 장악하고 있던 내 정신이 빗나갔다. 옥팔라

131

◉

교수님이라면 말했을 것처럼 나는 '나무에서 떨어졌다'. 내가 불러일으켰던 수학적 흐름이 증발하고 내 에단의 파편들 전부가 바닥으로 떨어져 내려 음악적인 짤랑짤랑 소리를 내었다. 나는 헉 숨을 삼키곤 응시했다. 몇 초인가 기다려보았지만 아무 일도 일어나지 않았다. 지금까지는 늘 조각들이 내 에단에 자석처럼 도로 가 붙었더랬다. 내가 나무에서 떨어져 나와도 그랬는데.

"아니야, 안 돼, 안 돼!" 조각들을 그러모으며 내가 말했다. 나는 파편들을 침대 복판에 한데 쌓아두고는 다시 기다렸다. 아무 반응이 없다. "아아!" 나는 미칠 것 같아 소리를 지르며 금빛 구체를 낚아챘다. 정말 무거웠다. 맞다. 순금이었다. 나는 그걸 얼굴 가까이 가져왔다. 양손이 떨리고 심장은 쿵쾅거렸다. 엄지손가락의 살로 그 깊이 패인, 미로 같은 선들의 형태를 문질렀다. 에단은 따뜻했고 지금까지 그 정도였던 적이 없을 정도로 묵직했다. 마치 노출된 지금에 와서는 따로 중력을 받기라도 하는 듯했다.

또 한 번 흐름을 불러일으켜서 에단을 재조립해보

려고 하던 참에 바깥에 있는 무언가가 눈에 들어왔다. 나는 창으로 갔고 뭘 보게 된 탓에 살갗에 소름이 돋고 이명이 왔다. 나는 허둥거리며 뒤로 물러나 손가락으로 피부에서 오치제를 훑어내어 삿된 것을 제하기 위해 눈꺼풀에 발랐다. 내 방은 뿌리집에서 맨 위에 있고 창이 서향이었다. 그 창에서 내다보이는 데에는 오빠가 키운 텃밭 작물이 있고 뒷마당 너머로는 사막이 시작되었다.

"일곱이 절 보호해주시길." 내가 속삭였다. "전 이걸 볼 사람이 아니에요." 아이든 어른이든 여자가 볼 게 아니었다. 그리고 비록 지금 이 순간에 이르기까지는 한 번도 본 적 없었어도 나는 어둠 속 오빠의 텃밭에 서서 정면으로 날 보며 꼬챙이 같은 기다란 손가락으로 나를 '가리키고' 있는 것이 무엇인지를 정확히 알았다. 나는 비명을 질렀고 침대로 도망쳐 산산이 분해된 내 에단을 내려다봤다. "나 어떡하지? 어떻게 하면 좋지? 무슨 일이 생기는 거야? 나 어떻게 해?"

나는 천천히 다시 창으로 걸음을 옮겼다. 밤의 가

장꾼은 여전히 거기에 있었다. 마른 나무 막대기와 라피아 야자 섬유와 잎들로 이루어진 당당한 장신에, 이가 가득 나 있는 커다란 입과 둥그런 꺼먼 눈이 지배하는 나무 얼굴을 하고서. 둥근 턱과 머리 옆쪽에 라피아 섬유가 길게 죽죽 늘어져 있는 게 마법사의 턱수염 같았다. 그것의 머리 위에서는 짙은 하얀 연기가 뭉클뭉클 흘러나와 방에서도 벌써 건조하고 매캐한 연기 냄새가 맡아졌다. 오크우의 천막은 오른쪽으로 몇 미터 떨어져 있지만 그 속에는 오크우가 있을 터였다.

"빈티." 밤의 가장꾼이 우릉거리는 소리가 들려왔다. "여자애야. 큰 우주에서 온 작은 여자애."

나는 신음했다. 공포에 숨을 쉴 수 없었다. 우리 큰오빠, 아버지, 할아버지는 살면서 각각 다른 때에 밤의 가장꾼을 본 바 있었다. 우리 아버지는 20년도 더 전 가문의 숙련 조율사가 되던 날 밤에 보셨다. 큰오빠는 장터 밖 길거리에서 쿠시 남자 세 명과 싸움한 날 밤에 보았다. 그 남자들이 오빠가 팔려고 가지고 갔던 멋진 천문의를 훔친 거라며 누명을 씌웠던 것이다. 그리고 우리 할아버지는 여덟 살 때 쿠시 병사들의 천문의를 해킹해서 고막을 찢을 듯한 소리를 내게 함으로써 쿠시의 약탈로부터 온 마을을 구한 날 밤에 보셨다. 어른이든 아이든 남자라야 밤의 가장꾼을 '볼' 능력이 있었고 힘바 가문들이 낳은 영웅들만이 보게 마련이었다. 보고 나서 무슨 일이 있었는지에 대해서는 아무도 입에 담지 않았다. 나는 이런 일을 생각조차 해보지 못했다. 생각해볼 필요도 없는 일이었다.

나는 내 여행용 파드로 달려가 작은 밀봉 주머니를 꺼냈다. 움자 대학행성의 기숙사 부근 숲에서 찾아낸 쬐끄만 수정 달팽이 껍데기를 넣어두고 있던 것이다. 달팽이 껍데기들을 침대 위에 쏟았더니 메마른 사막의 공기에 반응하여 흰색에서 노란색으로 색이 변하고 잔금이 가기 시작했다. 나는 신경질이 났다. 언니랑 동생에게 보여주려고 가지고 온 건데 이제 몇 분 안에 부슬부슬 먼지가 되게 생겼다. 나는 그것들을 밀어놓고 내 에단의 파편을 그 투명한 주머니에 넣었다. 짤그락짤그락 부딪히는 소리에 몸이 움츠러들었다. 지문 같은 골 무늬가 진 황금 구체는 아직 따뜻했다. 주머니를 녹이거나 태우거나 하는 게 아닐까? 나는 잠시 그걸 손에 든 채 멈칫하다가 그냥 넣었다. 이 주머니는 그 행성에서 최고로 복잡한 금속이며 돌을 소화할 수 있는 강력한 위액을 분비하는 생물의 위장 내벽으로 만든 것이었다. 그 위액에 버티는 거면 내 에단의 따뜻한 핵을 넣어도 괜찮을 게 분명했다.

주머니를 막 배낭에 넣었을 때 내 방문을 세게 두드리는 소리가 닥쳐왔다. 그 소리에 나는 흠칫했다. 그 소리가 나를 우주선상에서 메두스가 내 선실 문을 엄청나게 세게 두드리던 그때로 돌려보냈기 때문이다. 나는 꼭 나오고야 말려는 비명을 참으려고 입을 막았고 눈을 질끈 감았다. 나는 깊은 숨을 들이마셔 폐를 채우고 이어 그 숨을 내쉬었다. 그리고 다시 들이쉬었다가 내쉬었다. '문간에 메두스는 없어, 빈티.' 나는 생각했다. '오크우는 밖에 있고 내 친구야.' 문 두드리는 소리가 다시 들이닥치고 이어 아버지 목소리가 내 이름을 불렀다. 나는 달려가 문을 열고 아버지의 찌푸린 눈을 맞았다. 아버지 뒤에는 베나 오빠가 마찬가지로 찌푸리고 있었다.

"너 보았니?" 아버지가 물으셨다.

나는 고개를 끄덕였다.

"카이!" 베나 오빠가 놀라 소리를 지르면서 짧게 민 자기 머리를 양손으로 움켜쥐었다. "어떻게 이런 일이?"

"나도 몰라!" 눈에 눈물이 차올랐다.

"무슨 일이야?" 베나 오빠 뒤로 얼굴을 문지르면서 층계를 올라온 어머니가 물으셨다. 어머니 피부의 오치제는 꺼풀처럼 얇았다. 보통은 어머니의 이런 모습을 볼 사람은 아버지 한 명뿐이다.

내 여동생 페라가 층계참에서 엿보고 있었다. 페라는 우리 가족의 눈이라 조용히 모든 것에 호기심이 있었다. '쟤도 본 거 아니야?' 나는 혹시 싶었다.

어떻게인가 아버지가 페라가 거기 있는 걸 알고 홱 몸을 돌려 호통치셨다. "페라, 도로 가서 자라!"

"아빠, 밖에 사람들이 있어요." 페라가 말했다.

"사람들?" 베나 오빠가 물었다. "페라, 너 그거 말고 다른 것 봤어?"

페라가 미처 대답하기 전에 아버지가 물으셨다. "사람들이라니 무슨 사람들?"

"사람들 여럿이에요." 페라가 말했다. 숨이 밭은 게 울기 직전이었다. "사막 사람들이요!"

"아니, 뭐야?" 아버지가 놀라 소리치셨다. "오늘 밤 대체 이게 무슨 일이냐?" 그러고는 폭풍처럼 복도를 달려 층계로 가셨다. 오빠도 급하게 아버지를 따라갔다.

"기다려라." 어머니가 나를 향해 한 손을 들어 보이며 말씀하셨다. "들어가. 오치제 발라. 순례 복장으로 옷 입고."

"왜요? 그 옷은 지금 입을 게…."

"하라는 대로 해."

페라는 아직 층계참 맨 위에 선 채 나를 빤히 보고 있었다. 이리 오라고 손짓을 했지만 페라는 그냥 살래살래 고개 젓고 층계를 내려갔다.

어머니의 시선은 오치제를 이겨 바른 내 오쿠오코로 옮아갔다. "그것들 아프냐?" 어머니가 물으셨다.

"아프게 해야 아파요."

"도대체 어쩌자고 그랬니?"

"엄마, 그 우주선에 탔던 딴 사람들은 다 죽었는데 나도 그렇게 죽었으면 좋았겠어요?"

"그야 당치도 않지." 어머니가 말했다. 무언가 더 말을 하실 것 같더니 대신 이렇게만 말했다. "얼른 해라." 그러고는 몸을 돌려 빠르게 층계를 내려가셨다.

* * *

나는 내 오치제를 바르고 내 순례 옷을 입었다. 옷에 스쳐 묻게 될 오치제가 오늘 밤을 그 의상의 공식 행사로 만들고 있었다. 내 순례행이 아니라. 이날에 내 오치제로 축성된 거니까. '될 대로 되라지.' 나는 생각했다. 앞쪽 문으로 나가기에 앞서 나는 몰래 집 뒤로 돌아갔다. 오크우가 나를 기다리고 있었다. "웬 사람들이 너희 집을 빙 둘러싸고 있어." 그것이 메두스 말로 말했다.

"알아." 나는 몇 미터 안 떨어진 데 서서 우리를 지켜보는 사막 여자를 쳐다보지 않으려고 애썼다. 고동

색 피부에 키가 큰 그 사람은 오치제를 안 바르고 있어서 내 눈에는 너무나도 생소했는데 보기에 나이는 나보다 몇 살 더 먹어서 이십 대 초반일 것 같았다. 그 여자의 부숭부숭한 머리카락은 예쁜 검은색으로 산들바람에 떨리고 있었다.

"저 사람들이 온 거 내가 보고 있었어." 오크우가 말했다. "한 명이 나에게 천막에서 나와봐 달라고 청하던걸. 내가 나왔더니 그 남자가 메두스 말로 말을 걸더라. 아니 물에서 멀리 사는 사람들이 우리 언어를 어떻게 알지?"

"모르겠어." 내가 말했다. "그… 집 가까이에서는 뭐 못 봤어? 내 방 창이 난 쪽을 보고 누가 서 있는 거?"

"못 봤어."

"알았어." 내가 오크우를 등지면서 중얼거렸다. "잠깐만. 나 뭣 좀 봐야겠어." 사막 여자는 밤의 가장꾼이 서 있던 자리로 천천히 걸어가는 나를 지켜보았다. "그냥 확인할 게 있어서요." 내가 그녀에게 말했다.

"도망을 치더라도 내가 잡을 건데 뭐." 그녀가 씩 웃으면서 오치힘바로 말했다. "우린 너 땜에 여기 왔단다." 그러곤 오크우를 가리켰다. "그리고 저쪽을 보러도 왔지."

"왜요? 우리가 뭘 어쨌기에요?"

사막 여자는 클클 웃을 뿐 더 말할 것 없다는 듯이 내 쪽으로 손을 내저었다. 밤의 가장꾼이 분명 거기 있었다고 확신하는 위치에 가서 나는 멈춰 섰다. 이 자리의 모래는 흐트러지지 않은 채였다. 가볍게 디딘 발자국 하나 나 있지 않았다. 오늘 밤에 바람이 살랑살랑 불고 있다지만 몇 분 사이에 발자국이 사라질 정도의 바람은 아니었다.

"빈티야." 어머니가 부르는 소리가 들렸다.

"오크우, 앞쪽에서 만나." 내가 말했다.

"알았어."

나는 몸을 돌려 도로 뿌리집 안으로 향했다.

피

부화가 임박한 알이 그득한 구멍 주위를 에워싼 호수 게들과도 같이 사막 사람들은 뿌리집을 둘러싸고 서 있었다. 내가 볼 수 있었던 건 일곱 명쯤이지만 아마 집 저쪽으로 더 있을 터였다. 몇 명은 남자였고 몇 명은 여자였는데, 모두 다 우리 아버지와 내가 그렇듯 '토종 아프리카인'의 짙은 피부색을 가지고 있었다. 그이들은 허리에 전통적인 염소 털가죽 치마를 두르고 파란 허리 구슬 줄을 찼고 파란 윗옷을 입었다. 손목에는 사막 깊은 곳에 있는 말라붙은 호수에서 찾아낸 분홍색 암염을 굵은 알과 뾰족한 쪼가리로 다듬어서 만든 팔찌들을 찼다. 신발을 신은 사람은 아무도 없었다.

등을 꼿꼿이 펴고 얼굴들은 굳히고서 그들은 말없이 서서 기다리고 있었다. 밤이 매우 깊은 시간인데도 이웃 사람 몇 명은 무슨 일이 났나 보려고 밖에 나왔다. 당연한 일이다. 해 뜰 때쯤이면 마을의 '덤불 라디오'가 사막 사람들이 뿌리집에 왔다는 얘길 온 오셈바에 퍼뜨리리라. 코쿠리에 사는 쿠시족들까지도 얻어 들을지 모른다. 나는 등 뒤 그리 멀지 않은 곳에 집을 돌아 이쪽으로 온 오크우의 존재를 느꼈다. 몸을 돌려 오크우에게 고개를 까딱했다.

아버지는 연로한 키 큰 여자와 이야기하는 중이었다. 그 사람 뒤로 짐 꾸러미들을 등에 실은 낙타 두 마리가 있었다. 나는 잠시 구경을 했다. 그 여자분이 말을 하면서 두 손을 마구 움직여댔기 때문이다. 때로는 그이가 진작에 말을 맺고 난 뒤에도 두 손은 멋대로 움직이길 계속했다. 돌리고 찌르고 이쪽저쪽으로 왔다 갔다 하고, 때로는 세게 하지만 다른 때는 부드럽게 손짓해댔다. 이것은 사막 사람들이 으레 하는 식인데 힘바족이 그들을 원시적이고 정신적으로 불안정한 사람들이라고 보는 데 한몫을 했다. 사막 사람들은 자기 손을 주체 못 했다. 어르신들은 그것이 모종의 신경학적 장애라고들 그랬다. 그 연로한 여자분이 문득 나를 보더니 빙그레 미소 짓고 우리 아버지에게 말했다. "저 애를 내일 밤까지는 도로 데리고 오마."

나는 입이 딱 벌어져서 아버지를 쳐다봤다. 아버지는 나를 보지 않으셨다.

"데려다줄지 아닐지 내가 어떻게 알아요?" 아버지가 물었다.

여자분이 코끝으로 아버지를 내려다보셨다. "참 건방진 아들놈이로고."

우리 아버지가 마침내 나를 보았다. 어머니는 내 손을 꽉 붙들었다. "넌 아무 데도 못 간다." 어머니가 중얼거리셨다. 나는 충격받을 일이 너무 많아서 그저 멍하니 어머니를 볼 뿐이었다. "이제 막 도로 찾은 애를요!" 어머니가 아버지에게 말했다.

"너희는 아주 똑똑한 족속이다만 너희 세상은 너

무 작아." 우리 아버지의 어머니이신, 내 할머니이신 그 여자분이 말씀하셨다. "너희 중에서 한 명 어떻게인가 너희 문화의 우리를 뚫고 더 자라난 아이가 나왔는데 너희는 그 애의 줄기에 도끼질을 하려고들 하는구나. 대단들도 하다." 그분은 내 아버지를 보셨다. "네 아버지가 어떻게 되었는지 기억도 안 나니?" 그러곤 자세를 꼿꼿하게 세우셨다. "네 딸은, 내 손녀는 밤의 가장꾼을 보았어."

이제 내 옆에 와 서 있던 내 동생 페라가 헉 소리를 내고 나를 쳐다봤다. "진짜야?" 페라가 속삭였다.

나는 고개를 끄덕였다. 아직도 말문이 트이지 않은 상태였다.

페라는 내 다른 쪽 손을 붙들었다. "언니 그럼 그래서…."

"아니, 얘는 안 봤어요!" 어머니가 딱 잘랐다.

연로한 여자분은 클클 웃으셨고 그분의 두 손이 다시 움직이기 시작해 좌우로 갈지자를 그리고, 확 내지르고, 물결을 탔다. 목에 걸린 천문의가 가슴에 부딪혀 튀었다. 손으로는 한 번도 그걸 만지지 않았다.

"우리가 무엇하러 여기 나왔을 것 같으냐? 치러야 할 의식들이 있단다."

내가 서 있는 곳에서 보아도 그분의 천문의는 우리 아버지가 만든 것이란 걸 알 수 있었다. 살짝 타원형인 독특한 형태, 장밋빛을 띤 사암, 이것은 아버지가 꽤 전에 제작한 천문의였다. 어머니도 분명 이 점을 눈치채신 듯했다. 왜냐하면 아버지 쪽을 향해 매서운 눈길을 쏘아 보냈기 때문이다.

가까이 서 있던 다른 사막 사람들 모두가 와그르르 웃었다. 그중 몇은 그 괴상한 손동작들을 하면서 웃었다. 나는 오크우를 돌아보고 눈살을 찌푸렸다. 이제 우리 친척 몇 명이 모여들었는데 아무도 오크우 가까이에 서 있으려고는 하지 않았다. 오크우는 그이들 뒤에 서 있었다. 하지만 그 옆에 사막 사람들 중한 명이, 내 또래로 보이는 부숭부숭한 머리의 남자애가 있었다.

"우린 네 딸을, 우리 딸을 사막으로 데리고 들어갈 거다." 나의 할머니가 말씀하셨다. 그분은 오크우 쪽을 향했다. "그쪽의 딸이기도 하지. 이 애는 우리 부족의 여사제 '아리야'와 이야기할 거다. 오늘 밤 다음 밤에 도로 데려다줄 것이야."

* * *

우리 어머니는 우셨고 아버지는 어머니가 붙든 내 손을 억지로 빼 떨어뜨려놓으셨다. 어머니가 흐느껴 우는 걸 보니 나도 울음이 나왔다. 그러고 나서는 페 라가 울기 시작했다. 내 남자 형제들은 그냥 서 있기 만 했고 베라 언니가 화가 나서 자리를 뜨는 게 보였 다. 이웃들이 더 많이 나오고 자기는 이럴 줄 알았다 며 고개를 끄덕거리는가 하면 바깥 것을 안으로 끌어 들인 내가 어떻다는 둥 수군거리는 소리가 났다. 목 소리가 걸걸한 우리 어머니 친구 한 분이 큰 소리로 말하는 게 들렸다. "거기 그냥 있지 괜히 와가지고."
오크우는 말이 없었다. 전혀 아무 말 하지 않았다.

빈 땅

나는 사막 사람들과 함께 사막으로 걸어 들어갔다.

다리는 계속 움직여 사구를 올라가면서 나는 뿌리집을 돌아보았다. 오빠가 가꾼 텃밭이며, 내 방 창이며, 심지어 그 밑 밤의 가장꾼이 서 있던 자리까지도 아직 훤히 보였다. 그러고 나서 우리는 사구를 내려가기 시작했고 나는 뿌리집을 더 이상 볼 수 없게 될 때까지 뒤를 돌아보았다. "나 지금 뭐하는 거람?" 입속말을 했다.

나의 할머니가 내 옆에 걷고 계셨다. 훤칠한 키에 여위어서 한 그루 나무 같은 분이었다. "배낭에 오치제 가지고 왔니?" 그분이 물으셨다. "네." 내가 배낭을 툭툭 치면서 가만히 대답했다.

할머니는 큰 소리로 웃으셨다. "물론 가지고 왔겠지." 얼굴에는 아직 미소를 띤 채로 그분은 두 손을 얼굴 앞으로 움직였고 나는 그걸 보면서 눈썹을 찌푸렸다. 우리가 두 번째 사구를 걸어 올라갈 때 할머니는 아무 말씀이 없으셨고 나는 단지를 꺼내서 팔과 얼굴에 도로 오치제를 바르기 시작했다. 어머니가 붙들었던 곳과 눈물이 흘러내린 곳에.

우리 가족의 생각과는 달리 나는 내가 누구를 만나게 될지 확실하게 알고 있었고 그이를 만날 때는 꼭 제일 좋은 모습으로 있고 싶었다. 순전한 우연으로 그 아리야와 마주친 그때 나는 나이 여덟 살에 겁에 질려 있었다. 그 여자분은 내가 내 에단을 보여준 첫 번째 사람이었다. 심지어 아버지보다도 먼저였다. 그이는 그걸 에단이라고 부르지 않았다. 그이는 그게 '신의 돌'이라고 했고 그걸 갖게 된 내가 운이 좋은 거라고 그랬다. 그랬는데 이제 나는 그 물건을 조각조각 분해해놓은 채 그이에게 불려 가고 있었다.

빈 땅에는 위험한 생물들이 있었고 밤에 잠들지 않는 것들이 여럿이었다.

나이가 내 또래에 키도 비슷한 호리호리한 남자애, 이름이 음위니라고 하는 소년이 일행을 보호하는 책임을 맡았다. 아까 오크우 옆에 서 있는 걸 언뜻 본 바로 그 애였다. 나처럼 머리 색이 검은 다른 사람들과 다르게 음위니는 부숭부숭한 적갈색 머리를 가졌는데 나로서는 그게 그 애가 머리에 사막의 붉은 모래 먼지를 잔뜩 뒤집어써서 그런 건지 아니면 원래 색인지 확실히 구분할 수 없었다. 그리고 그 머리 한가운데에서 두껍고 딴딴하게 한 줄기 땋아 내린 머리 줄기가 있는데 하도 길어서 무릎까지 내려왔다. 그 애가 걸으면 등에 늘어진 땋은 머리가 뱀처럼 흔들렸다. 나는 이 남자애가 어른 열아홉 명 일행을 어떻게 보호한다는 것인지 도무지 이해가 가지 않았다. 그 애의 능력을 보기 전에는.

우리가 그 첫 사구를 올라갔던 때로부터 세 시간이

지나서 들개 떼가 들이닥쳤다. 적어도 서른 마리는 되었고 그것들이 오는 소리가 멀리서부터 들렸다. 먹이 사냥을 위해서든 안전을 위해서든 몰래 다닐 필요가 없는 무리답게 자신감 있게 낑낑 울고 짖고 했기 때문이다. 그놈들은 주저 없이 우리 일행을 포착하고 다가왔다. 나 하나만 겁에 질렸다. 다른 사람들은 모두 그냥 발걸음을 멈추고 모래 위에 앉아버렸다. 낙타 두 마리를 포함해서 말이다. 할머니는 나를 조용히 시키려고 한 손을 내 어깨에 얹으셨다. "쉬잇." 할머니가 말했다.

단 한 명 음위니만 일어선 채였다. 이내 음위니가 정면으로 개 떼를 향해 걸어갔다. 두 손을 사막 사람들이 하는 식으로 움직여가면서. 천천히는 아니었다. 빠르게도 아니었다. 부드러운 달빛 속에서 그 광경은 신비로웠다. 마치 '달 축제' 동안 아버지가 즐겨 들려주시던 이야기들에서 튀어나온 무언가를 구경하고 있는 것 같았다. 그 애가 말하는 게 확실히 들리지는 않았지만 사막 사람들 언어로 이야기하고 있다는 건 들렸다. 개들이 우르르 몰려들어 킁킁 냄새를 맡고 주위를 돌 때 음위니는 소리 내어 웃었다. 그러고 나서 음위니가 무슨 말을 하자 개들은 한 마리도 빠짐없이 움직이길 멈췄다. 그러곤 음위니를, 음위니의 얼굴을 쳐다봤고 음위니는 개들에게 나지막이 뭐라 뭐라 말을 했다.

그랬더니 또 똑같이 갑작스럽게 개들 전부가 한 마리 빼놓지 않고 우리를 보았다. 나는 숨을 삼키곤 두 손으로 벌어진 입을 틀어막았다. 나는 가만히 엄선한 방정식 몇 개를 읊어 명상으로 한 단계 들어갔다. 떨림이 멎을 정도로만 들어갔다. 나는 이 광경을 꼭 보고 싶었다. 내 감각과 감정이 전부 예리하게 살아 있는 상태에서 말이다. 우리를 해쳤을 개들에게 음위니가 말을 하고 있었다. 뒤쪽에 있던 개 몇 마리가 호의적으로 낑낑 콧소리를 냈고 우리 쪽을 한 번 더 쳐다보고 나서 저희들 갈 길로 갔다. 다른 놈들도 금방 그대로 뒤를 따랐다.

"음위니는 조율사예요?" 내가 물었다.

할머니는 나를 보셨다. "우리는 그렇게 부르지 않는단다."

"그러면 쟤를 뭐라고 부르는데요?"

"우리의 아들이지." 일어서면서 할머니가 말씀하셨다. 음위니가 우리에게 손짓을 했고 우리는 가던 길을 계속 갔다. 걸어가면서 나는 한 손을 주머니에 찔러 넣어 조각조각 난 내 에단이 들어 있는 밀봉 주머니를 만져보았다. 산산이 분해된 지금도 나에게 그것은 신비투성이였다. 내가 그걸 발견한 그때와 마찬가지로….

운명은 섬세한 춤

…내가 그걸 발견한 9년 전, 나는 그날 아침 사막으로 나와 있었다. 너무너무 화가 나서 집을 뛰쳐나온 터였다. 내가 화난 줄 아무도 몰랐고 내가 가출했다는 것도 누구 하나 깨닫지 못했다. 날 화나게 만든 일이 부모님이나 언니 오빠들한테는 하도 사소한 거라서 애가 화가 났는지 아예 눈치채지도 못했던 것이다. 때마다 돌아오는 바람 축제 때 추는 춤이 있는데 내 또래 아이들은 다들 참가해 춤추는 걸 우리 부모님과 언니 오빠들이 나는 끼지 않는 게 좋겠다고 결정해버린 거였다.

'점지하는 분'이 그 전주에 우리 집안의 차기 숙련 조율사로 나를 낙점했고 그로써 내가 받는 대우라든가 무엇을 해도 되고 무엇을 하면 안 되는가가 이미 정말 많이 바뀐 터였다. 그러더니 이렇게 되고 말았다. 내가 '명상 기술과 수식 조절법을 더욱 갈고 닦아야' 한다는 이유만으로. 안 그래도 아버지보다 더 빠르게 나무 노릇을 할 수 있는 나인데도 말이다.

그렇다지만 어르신들한테는 따지고 들 수 없는 법이었다. 그렇기에 나는 성별이 여자이기 때문에 가게는 어차피 내 것이 되지 않는다는 사실에도 불구하고 차기 숙련 조율사로 낙점된 걸 받아들였던 것과 같이 수굿이 그런 제약을 받아들였다. 가게 소유권은 내 오빠의 특권이었다. 우리 집안으로서는 이를 통하여 조화를 이룬 다음 세대를 이루어낼 수 있다는 걸 증명하는 게 재물을 가져다주고 우리를 향한 큰 존경을 벌어다주었으므로 나는 자부심을 가졌다.

하지만 춤은 정말 추고 싶었다. 나는 춤추기를 아주 좋아했다. 춤을 춘다는 건 나무 노릇을 할 때 숫자와 수식들을 보는 것과 같은 식으로 내 몸을 움직이는 그런 것이었다. 춤을 출 때면 내 안의 수학적 흐름을 표현할 수 있었다. 내 근육, 피부, 신경, 뼈와 그 흐름이 화음을 이루게 하는 것이다. 그런데 그럴 기회를 그저 뺏겨버렸다. "네가 할 일이 못 돼" 하는 것 말고는 아무 다른 이유 없이. 그래서 나는 다음 날 아침에 일어나서는 기후 적응 처리가 된 래퍼를 입고 내 빨간 베일로 오치제를 이겨 붙인 머리 가닥들을 감싸고 가만히 배낭에 넣을 것을 넣어 가지고 딴 식구들은 아무도 일어나기 전에 집을 나와 사막으로 걸어 나갔다.

나에게 사막은 수수께끼의 장소가 아니었다. 원래는 그러면 안 되는 것이지만 나는 꽤 자주 사막에 들어갔다. 때로는 놀러 갔고 또 때로는 나무 노릇을 연습할 평온하고 조용한 장소를 찾아서 갔다. 내가 그 어린 나이에 나무 노릇을 그렇게 잘하게 된 데는 사막이 큰 몫을 했다.

식구들이 내가 툭하면 사막으로 나가는 줄을, 다른 아이들이 다들 그러듯 호수에 가는 게 아닌 줄을 알았더라면 벌은 매 맞는 것 정도로 끝나지 않았을 것이다. 나는 그때부터도 벌써 영리하고 행동이 은밀했다. 그날 이른 아침에 나는 발끝걸음으로 부모님 방에 들어가 호숫가에 가서 일찍 나온 게들이 뛰어다니는 걸 구경하겠다고 말씀드렸다. 그러고 나서는 밖에 나와 호수 쪽으로 가질 않고 반대편으로, 사막으로 들어갔다.

나는 아침 녘 사막이 좋았다. 왜냐하면 그때는 아직 사막이 서늘하고 또 적막했기 때문이다. 그리로 나가면 내 마음이 난폭하게 힘을 쏟아낸 번개 폭풍 후의 하늘처럼 갤 터였다. 나는 피부에 오치제를 특히 두껍게 덧바르고 때로는 8킬로미터나 되게 멀리까지 나가곤 했다. 그보다 더 멀리 갔다가는 내 천문의가 삑삑거리며 내 소재를 부모님께 알린다고 위협하기 시작할 것이었다. 주위로 모래 말고 다른 건 아무것도 보이지 않게 된다. 오셈바에서 제일 높은 건물 꼭대기도 안 보인다. 하긴 어차피 그리 높은 건물들은 아니지만.

어린애다운 분노에 차서 나는 절대 다시 집에 안 갈 참이었다. 나는 유랑민이 되어서 사막을 떠돌며 모래와 바람이 나를 데려가는 곳 어디로든 가겠다는 심정이었다. 그렇게 걸어가면서 한번씩 나는 혼자 콧노래를 부르며 춤을 추었다. 그렇게 걷다 보니 내 방에서 보이는 말라버린 야자나무 군락을 지나, 언젠가 오래된 조개껍데기를 찾아낸 적 있는 굳은 지반 있는 데를 지나, 북쪽으로 두 시간 거리에서 내가 몇 달 전에 발견한 곳인 회색 돌덩이들 여러 개가 납작하게 갈린 이빨들 모양으로 땅에서 튀어나와 있는 장소에 이르렀다. 돌들은 걸터앉아도 될 만큼 큼직큼직한데 널따랗게 서쪽으로 입을 벌린 반원을 그리고서 박혀 있었다. 나는 부모님께나 학교 선생님들께 이 돌들에 관해 물어보지 않았다. 왜냐하면 물어보는 날에는 내가 어떻게 그런 걸 알고 있는지 말씀드려야 할 것이기 때문이었다. 나는 여기 자주 왔다. 때로는 내 작은 천막을 가지고 와서 반원의 한가운데에 천막을 치고 그 안에 앉아 사막 저 멀리를 응시하면서 제작 중인 천문의들에 사용할 수학적 흐름에 소용이 될 방정식과 알고리즘과 공식들을 연습했다.

나는 사막의 철저한 정적이 필요했다. 왜냐하면 그

때는 아직 배워가는 중이었기 때문이다. 이 장소는 완벽했다. 연습을 할 때 나는 손가락을 모래에 꽂아 넣어 동그라미, 네모꼴, 사다리꼴, 프랙탈, 어떤 것이든 그 방정식을 시각화하는 데 필요한 도형을 긁어 그리곤 했다. 내가 여덟 살 나이에 집을 나왔던 그날에 나는 제일 먼 곳의 돌 옆에 천막을 쳤고 손가락으로는 원을 그리고 또 그렸다.

나는 눈을 반만 뜨고서 가까운 사구에서 소용돌이치며 흘러내리는 모래를 바라보고 있었다. 나뉜 숫자들이 머릿속에 우수수 흘러 떨어지고 있었고 나는 입속말로 흐름을 불러일으킨 차였다. 큰언니가 말을 하며 얼굴에 띠었던 그 독선적인 표정을 생각하지 않으려고 애를 썼다. "춤 따위 가지고 무슨 난리야. 이젠 슬슬 그런 건 포기를 해야지." 나는 화가 나서 왼손 집게손가락으로 모래를 세게 긁었고 그때 그게 만져졌다. 먼저 손톱이 거기에 긁혀서 뭐가 있다는 걸 알아차리긴 했지만 의식 선까지는 오지 않았다. 앞에 야트막하게 희미한 파란 선이 춤추는 게 보였다. 눈에서 눈물이 굴러떨어졌다. 우리 가족들이 옳았다. 3

년 동안 다들 나를 밀어붙이고 또 밀어붙였다. 우리 어머니, 아버지, 언니들, 오빠들, 아주머니, 아저씨들이. 집안 사람들은 모두들 내가 어떤 애인지를 정말 확신했다. 내가 재능을 타고났다는 걸 확신했다. 나에겐 정말로 재능이 있었고 이제 그로 인해 모든 것이 바뀌고 있었다. 하지만 나는 그저 춤을 추고 싶을 따름이었다.

흐름은 저절로 휘돌며 완전한 원을 이루었다. 이제 그것은 연결점이었다. 만약에 내가 천문의 한 대를 다 조립해서 '켜도록' 해놓았더라면 이걸로 거기에 동력을 부여할 수 있었을 것이다. 나는 따끔한 느낌을 받고 아파서 혀 스치는 소리를 냈다. 내 손. 손가락. 파란빛은 내가 심장이 쿵 내려앉아 손가락을 자세히 보려고 눈앞으로 가져오는 사이 사라져버렸다. 이렇게나 사막으로 멀리 나온 데서 그것도 혼자인데 전갈에 쏘였다면 그건 엄청나게 나쁜 소식이었다.

엄지손가락에서 피가 똑똑 떨어지고 모래가 상처에 엉겨 붙어 있었다. 내가 다섯 손가락을 다 써서 원을 그리던 자리에 무슨 조그만 회색 물체가 뾰족 튀어나와 있었다. 그 옆에는 작은 노란 꽃이 있었다. '내가 어떻게 저걸 못 봤지?' 어처구니없는 일이었다. 나는 그 꽃을 따려고 해봤고 그러다 그게 가늘지만 질긴 흰 뿌리로 모래에서 삐죽 나와 있는 그 어떤 물체에 달라붙어 있다는 걸 알게 되었다. 나는 꽃을 내려놓고 그 뾰족한 끝을 잡았다. 꿈쩍도 하지 않았다. 더 잘 보려고 자세를 고쳐 무릎을 꿇고서 몸을 기울였다.

"아." 내가 속삭였다. "이거 그런 게 아니네…" 나는 그걸 들여다보면서 손가락을 빨았다. 그러다 곧 다른 손으로 그 물체 주위를 파기 시작했다. 이내 나는 두 손을 다 써서 파고 있었다. 따끔거리고 살짝 피가 나는 것도 아랑곳없이. 아버지가 허락해주셔서 새 책을 한 권 사는 날이면 나는 몇 시간이고 내 방에서 눈을 감고 내 천문의로 책 내용에 귀를 기울이곤 했다. 그렇게 들은 이야기들 중 많은 수에서 어떤 호기심 많은 등장인물이 자신의 인생을 바꿔놓을 비밀스러운, 또는 마법이 걸린 물체를 발견하게 되기 마련이었다. 그래서 이때 나는 이게 바로 그것이라고 확신했다.

　이게 바로 그 남자애가 방금 전 벼락이 떨어진 나무 옆을 너무 가까이 지나갔을 때 그 애의 천문의에 나타난 '그림자의 책'이었다. 이것이 그 여자애가 시장에 가져간, 온갖 새들을 전부 몰려오게 만든 그 보석 박힌 독수리 상이었다. 이것이 이상한 먼지 폭풍이 친 뒤에 그 할아버지 방에서 자라나기 시작한 그 식물이었다.

　내가 파낸 것은 삐죽삐죽 꼭짓점들이 튀어나와 있는 정육면체였다. 내 손 안에 딱 들어가는 크기에 재질은 칙칙하게 색이 변한 금속이었다. 정교한 고리무늬, 소용돌이무늬, 선이 선과 닿지 않는 나선무늬 등등 온통 복잡한 문양투성이였다. 나는 그 뿔이 많은 복잡한 모양에 감탄하면서 그 물체를 이리 뒤집어보고 저리 뒤집어보았다.

　"이게 대체 뭘까?" 나는 경탄에 차 속삭였다.

　아직 남아 있던 모래를 떨어내고 내 오치제를 조금 써서 윤을 내었다. 이 방법은 내가 예상한 것 이상으로 효과가 좋았다. 이내 칙칙하던 그것의 외양이 놀

랍도록 반짝이게 바뀌었기 때문이다. 그리고 내가 그
것을 움직일 때마다 거기서 무언가… 둔한 소리가 났
다. 여자 어른의 약간 쉰 낮은 음성과도 같은 소리가.
조금은 섬뜩하면서도… 매혹적이었다. 어떻게인지
몰라도 이 물체에는 오래된 '흐름'이 있었다. 그랬는
데 내가 그걸 움직이고 또 움직이면서 소리는 더 흐
려지고 더 흐려지더니 마침내는 아예 나지 않게 돼버
렸다.

'아버지한테 보여드리면 눈이 튀어나오게 놀라실
거야.' 나는 신이 나 생각했다. 그리고 그렇게 지금
나온 게 가출은 아닌 걸로 마음을 정했다. 내가 찾아
낸 수수께끼의 기계장치에 대하여 아버지가 무슨 말
씀을 하실지 듣고 싶어 견딜 수가 없었다. 또 아버지
가 과연 그걸 연구하는 최선의 방법을 가르쳐주실 수
있을지도 궁금했다. 뭐하는 장치인지 몰라도 어쩌면
내가 이걸 작동시킬 수 있을지도 모른다는 생각을 했
다. 나는 돌덩이들 중 하나에 걸터앉아 그 낯선 물체
를 눈앞에 들고 혼자 키득키득 웃고 있었다.

그때 누군가 내 어깨를 툭 건드렸고 나는 거의 비

명을 지를 뻔했다. 그리고 휙 몸을 돌려서 짙은 색 피부에 키가 큰 여자가 검은 머리카락의 후광을 이고 선 것을 보았을 때는 실제로 비명을 지르고 말았다. 머리카락이 어찌나 크게 부풀어 있는지 그 뒤로 태양이 가렸다. 나는 펄쩍 뛰어 일어났고 하마터면 내 가방을 깔고 자빠질 뻔했다.

그 사람은 사막 사람들의 일원이었다. 키가 3미터나 되게 커 보였고 몸에 띤 모든 것이, 머리카락에서부터 머리를 감싼 속이 비치는 가벼운 파란 천에 그와 똑같은 파란 원단으로 된 윗도리와 치렁치렁 흐르는 듯한 바지에 이르기까지 모든 것이 다 실바람에 날리고 있었다. 어깨엔 작은 수분 포집기와 거기 쓰는 물주머니와 낡아 보이는 파란 배낭을 걸메었다. 나는 햇살 속에 실눈을 뜨고 그이를 올려다보았다. 그 사람은 정말이지 너무나 키가 크고 또 너무나… 파란색이었다. 내가 본 중 제일 키가 큰 사람이었다. 그리고 우리 어머니의 어머니처럼 웬만큼 나이가 든 분이었다. 그 여자분은 손가락이 기다란 두 손에 굵고 울퉁불퉁한 지팡이를 잡은 채였으나 그걸 짚고 기대고 있진 않았다.

"여기까지 나와서 뭘 하고 있느냐?" 그이가 물었다. 건조하고 위세 좋은 그 목소리도 역시 우리 할머니와 같았다. 나는 곧바로 자세를 더 꼿꼿하게 했다.

"저는… 여긴… 여긴 제가… 사실은요… 제가…."

"아, 그만둬라, 이 애야." 그 여자분이 한숨을 쉬었다. "내가 물어보지 않은 셈 치자." 그이는 지팡이를 몸 옆에 기대놓고서 사막 사람들이 그런다고 나도 들어 알고 있던 일을 하기 시작했다. 파리를 잡으려고 손을 휘두르는 어린애처럼 양손을 이렇게 저렇게 움직여댔다. 나는 그 틈을 타서 재빨리 주위를 둘러보았다. 다른 사람은 없었다. 내가 막 뛰어가면 못 잡지 않을까? 그 여자분은 신을 신고 있지 않았다. 어떻게 뜨거운 모래 위에 서 있을 수 있지?

"빈티." 그분이 말했다. "모아우고 담부 카입카 오케추쿼 에니 지나리야의 딸."

"제 이름이에요. 저희 아버지 이름이고… 어떻게 아세요?" 내가 소곤거렸다. 이 사람한테서 뛰어서 달아날 방법은 없겠구나 하고 나는 결론을 내렸다. 연

165

로한 데다 지팡이를 소지하고 있긴 해도 무언가가 나에게 이분은 남자처럼 강하고 저 지팡이는 보행용으로 쓰는 게 아니라는 걸 가르쳐주었다.

"내가 누구인지 아느냐?" 그분이 물었다.

"사막 사람이시죠?" 그이는 고개를 끄덕였는데 그러기보다도 먼저 두 손부터 움직였다. 마치 그 두 손은 슷제 그 사람 몸의 일부가 아니기라도 한 것 같았다. 내 주머니 속에서 내 천문의가 울렸다. 태양이 이제 막 최고점에 올라서 앞으로 한 시간은 그늘에 들어가 앉아 있는 편이 좋았다. 나는 주머니에 손을 넣어 천문의 경보음을 껐다.

"생각을 좀 할까 해서 여기까지 한참이나 길을 왔는데 말이다." 여자분이 말했다.

"저… 저도요." 내가 말했다. 그러고 나서 잠시 동안 우리는 서로를 빤히 보았다. "나는 네 어미가 네 할머니 자궁 속 생각이었을 적부터 여길 찾았다." 그분이 클클 웃으면서 말씀하셨다. "네가 발견한 그건 뭐지?"

나는 그것을 더 꽉 움켜쥐고 한 걸음 물러났다.

"아무것도 아니에요. 예쁜… 금속 덩어리예요." 겨드랑이에 땀이 솟는 게 느껴졌다. 어르신에게 거짓말하는 것은 죄악이다.

"걱정 마라." 그분이 말했다. "내가 너한테서 그걸 빼앗진 않아."

"그… 그런 얘긴 아닌데요." 내가 말했다.

"나는 너희 할머니를 안다, 빈티야."

나는 하마터면 에단을 떨어뜨릴 뻔하면서 놀라서 그이를 쳐다봤다. 그리고… 이해가 되었다. 우리 아버지의 어머니는 사막 사람이라서 아버지는 그분 이야기를 절대 안 했다. 힘바 남자들은 오치제를 몸에 바르지 않지만 때로 머리카락에 이겨 붙인다든가 머리카락을 납작하게 가라앉히는 데 쓰긴 했다. 우리 아버지는 뻣뻣하게 일어나는 부숭부숭한 머리카락을 납작하게 하느라고 오치제를 쓰셨다. 부숭부숭한 걸 감추려고 말이다. 그리고 나와 마찬가지로 아버지도 사막 사람들과 같은 색조의 갈색 피부를 가졌는데 그 사실을 결코 좋아하지 않았다. 우리 어머니는 대부분의 힘바 사람들과 같이 중간 색조 갈색 피부이고 나는 아버지가 나머지 자녀들 모두 어머니와 같은 색이라는 걸 자랑스럽게 생각하는 줄 번히 알고 있었다…그리고 사막 사람들의 피부 빛과 머리카락을 타고난 한 명은 숙련 조율사가 되는 걸로 그 벌충을 했다는 것 역시 잘 알았다.

다섯 살 때 아버지에게 사막 사람들에 대해 물어본 적이 있었는데 그때 아버지는 다시는 입에도 담지 말라고 야단을 치셨다. 그런데 지금 이 키 큰 여자분을 보고 있으려니 나는 너무나 집에 가고 싶었다. 정말 집에 가야만 했다. 이 여자분과 말을 했으니 난 아버지한테 죽었다. 애당초 여기까지 멀리 나와서는 안되는 거였으니까. 이 사람을 만난 건 전적으로 내 잘못이었다.

"네가 발견한 그게 무언지 아니?"

나는 고개를 저었다.

"그건 우리 시대 전 시대의 한 조각이다. 고대의 작품이지. 예술이자 실용인. 오래된 물건이란다. 하지만 오래되었다는 게 항상 발전이 덜 되었다는 걸 뜻하진 않는단다."

168

나는 손을 펴고 그것을 보았다. 그 물체는 내 손바닥에 놓여 있었다. 그야말로 편안하게, 하지만 너무나도 신기한 모습으로.

"그걸 쓰는 법을 알고 싶으냐?"

나는 고개를 저었다. "저는 집에 가야 해요. 아버지가 오늘 중으로 마쳐야 할 일을 주실 거예요." 내가 말했다.

"그래, 제 잘났다고 그리 자부심에 찬 재능 많은 네 아비 말이지." 그 여자분은 나를 굽어보며 말을 끊었다가 이어 말했다. "네가 가진 그 물건, 힘바족은 그걸 에단이라고 부를 거다. 하지만 우린 그것을 신의 돌이라고 한단다. 그것이 너를 찾아냈으니 너는 축복받은 게다." 그분은 몇 가지 손동작들을 하고는 깔깔웃었다. "정말로 그걸 어떻게 사용할지 알 준비가 되거들랑 우릴 찾아오렴."

"그럴게요." 내가 말했다. 그때까지 지어본 중 가장 거짓된 미소를 지으면서였다. 두 다리가 어찌나 심하게 후들거리는지 풀썩 무릎 꿇고 주저앉아버릴 것 같았다.

"안전히 돌아가거라." 여자분이 말씀하셨다. 그러고는 무릎을 땅에 짚고 모래를 만지고 나서 이렇게 말했다. "일곱께 찬미를."

나는 잠시 놀라서 그대로 서 있었다. 그러면서 생각했다. '사막 사람들도 일곱의 존재를 믿었네?' 나는 우리 어머니가 이 사실에 대해 무슨 말씀을 하실지 궁금했다. 어머니는 사막 사람들은 무척이나 비문명적이라고 생각하시는데. 그렇다고 해서 이 여자분 만난 일을 어머니한테 말할 생각은 꿈에도 없었지만 말이다.

나는 얼굴에서 오치제를 훑어내어 똑같이 했다. 그러고 나서 몸을 돌려 내뺐다. 나는 첫 번째 사구를 꼭대기까지 거의 다 올라가기 전엔 뒤를 돌아보지 않았다. 그 여자분은 여전히 내가 에단을 찾아낸 곳, 그회색 돌덩이들 옆에 서 있었다. 나는 그이가 거기 자라난 식물을 알아차렸을지 궁금했다.

* * *

철 이른 게들은 약은 데다 재빨랐고, 그래서 우리 부모님은 내가 빈손으로 돌아온 데 놀라지 않았다. 나는 이제 부모님께 그렇게까지 화가 나지 않았고 그래서 이틀 후 아버지께 에단을 가지고 갔을 때 감정을 억누르려 안간힘을 쓰지 않아도 되었다. 나는 아버지께 그 에단에서 자라 있던 풀에 대해서나 내가 그걸 찾아낸 장소에 대해서는 얘기하지 않았다. 아버지께 거짓말을 한 건 딱 한 번 그때뿐이었다. 나는 시장에서 고물상에게 산 거라고 얘기했다.

"누가 팔고 있었어? 어느 고물상이냐?" 아버지가 안달하며 물으셨다. "내가 얘길 해봐야겠다! 이걸 보렴. 이건⋯."

"모르겠어요, 아빠." 내가 얼른 말했다. "누군지 잘 안 봤어요. 이 물건에 집중하느라고요."

"내가 내일 시장에 가봐야지." 꾀죄죄하게 난 수염을 당기면서 아버지가 말씀하셨다. "누군지 어쩌면 또 하나 갖고 있을지도 몰라." 아버지는 그걸 나에게서 받아 들고 눈이 휘둥그레져서 보셨다. "기막힌 작품이구나."

"제 생각엔 그게 하는 일이 그…."

"이거 금속이." 아버지가 그 물체를 들여다보며 속삭였다. 그러곤 날 보고 웃음을 짓고 사과하듯 머리를 토닥이셨다. "미안하다, 빈티. 무슨 말 하고 있었니?"

"아니에요. 금속이 어떤데요?"

아버지는 그것을 입으로 가져가 꼭짓점 중 하나의 끄트머리를 깨물었다. 그러곤 혀끝을 대보고 그걸 왼눈에 아주 가깝게, 거의 안구에 닿을 지경으로 가깝게 들었다. 그리고 그걸 코로 가져가서 냄새 맡아보았다. "이런 금속은 나도 모르는 거야." 아버지가 말씀하셨다. 쩍 하고 입맛을 다시셨다. "혀에 맛이 남는구나. 거기에 '죽지 않는 나무'에서 거둬들이는 소금 같은 맛이야."

'죽지 않는 나무'는 온 오셈바에 자라고 있었다. 그것들은 넓고 두꺼운 고무질 잎을 가졌고 줄기에는 온통 단단한 가시가 돋쳐 있으며 그 어느 세대가 기억하기보다도 더 오래 살아왔다. 그것들의 해묵은 뿌리는 너무나 굳세고 뱀처럼 오셈바 땅 아래 너무나 깊

172

숙이 파고 들어가 있어서 오셈바의 수도 시설은 그 나무들 주위에 지어진 정도가 아니라 아예 그것들을 '따라서' 만들어졌다. '죽지 않는 나무'들은 맨 처음 오셈바를 세운 사람들을 사방 100마일 안에서 유일하게 마실 만한 물의 원천으로 이끌었다.

그렇기는 해도 그 나무들은 기이했다. 번개 폭풍이 몰아치는 동안 나무들이 너무나 빠르게 진동해서 울부짖는 듯한 소리가 났으며 그 소리는 도시에 속속들이 파고들었다. 건기 동안이면 나무들은 잎 위에 소금을 생산했다. 그것은 치료사들이 온갖 종류의 질병을 치료하고 처치하는 데 썼다. 생명 소금이라고, 그렇게 불렀다. 내가 찾아낸 그 장치는 생명 소금 같은 맛이 났다.

"이건 에단이란다." 아버지가 말씀하셨고 나는 전에 그 단어를 들은 적 없는 양 고개를 끄덕였다. 아버지는 '에단'이란 너무 오래되어서 아무도 그 기능을 모르는 장치들을 뭉뚱그려 부르는 이름이라고 설명해주셨다. 어찌나 오래되었는지 이제는 다른 무엇이라기보다 예술품에 제일 가까운 것들 말이다. 그게 우리 아버지가 그걸 갖고 싶어 하신 이유였다. 친구분들에게 이런 것도 있다고 자랑할 한 점의 예술품으로서. 하지만 나는 그걸 내가 간수하겠다고 고집을 부렸고 아버지는 나를 사랑하셨기 때문에 그게 놔두셨다.

이제 여기 나는 사막 사람들과 함께 사막으로 걸어들어가고 있었다. 부모님이 그냥 내가 춤을 추게 해주셨더라면 내 인생이 얼마나 달랐을까?

거짓말

해 뜰 때쯤 해서 나는 사막 사람들이 거짓말을 했
다는 걸 알았다.

"너 네 메두스한테 닿겠느냐?" 할머니가 물으셨다.
간밤의 나머지와 아침 녘 내내 걸어온 터였다. 이제
시간은 정오가 다 되어가서 밤이 올 때까지 걸음을
멈췄다. 우리는 낙타들 중 한 마리가 드리운 그늘에
들어가 섰고 다른 사람들은 더러 말린 대추를 꺼내는
가 하면 물을 만들려고 시끄러운 수분 포집기들을 켰
다. 나는 선 채로 잠이 들 지경이었다. 눈을 뜨고 있
기도 힘이 들었다. 할머니의 질문이 나를 바로 정신

들게 했다.

"닿겠느냐고요?" 내가 물었다. 음위니와 눈이 마주 쳤다. 음위니는 몇 미터 안 떨어진 데 앉아 마른 잎처 럼 보이는 뭔가를 버석버석 씹던 차였다.

"그래, 그것에게 말을 하거라." 할머니가 말씀하셨 다.

"모르겠어요." 내가 까마득한 사막을 내다보면서 중얼거렸다. "될까요? 꼭 제가 그렇게….'"

"널 데려다줄 때가 되면은 우리가 데려다줄 거라고 말을 해줘라." 할머니가 말씀하셨다. "우리 마을은 걸 어서 사흘 길이란다."

"뭐라고요? 왜 먼저 말씀 안 해주신 거예요? 저한 테는 얘기를 하셨어야 하잖아요!" 해 질 때까지는 나 를 돌려보내주겠노라고 약속해놓고 왜 아직까지 걸 어가고 있는 건지 안 그래도 궁금했다. 아니겠지 하 고 계속 부정하고 있는 게 편했다. 나는 끙끙 앓았다. 한 극단에서 다른 극단으로 온 판이다. 여러 날 동안 우주선에 꽁꽁 갇혀 있다가는 채 24시간이 지나기도 전에 며칠씩 트일 대로 트인 사막을 걸어가고.

"듣고 싶어 하는 얘기를 해주는 게 상책일 때가 있지." 할머니가 말씀하셨다.

"누가 돌아가서 말해주면 안 돼요? 오크우에게 세세한 얘기를 정말 전할 수 있기는 할지 모르겠어요." 나는 숨을 쉬었다. 심장이 북처럼 둥둥거리기 시작했다. "만약에 제가 못 전하면…."

"너 하기에 달린 일이다, 빈티야." 할머니가 더 들을 것도 없다는 듯 말씀하셨다. 여자 둘이 말린 대추를 담은 커다란 사발을 차려놓았는데 그쪽으로 가면서 어깨 너머로 할머니는 말했다. "네가 하면 하는 거고, 아니면 마는 거지."

할머니는 그렇게 말했지만 사실은 선택의 여지가 없는 일이었다. 내가 오늘 밤에 집에 오지 않으면 우리 가족은 난리가 날 것이다. 또다시. 우리 가족은 또 한 번 내가 자취를 감췄는데 식구들이 무엇 하나 할 수 있는 일이 없이 속수무책이라는 사실에 직면하고 말 것이다. 어머니는 무섭도록 조용해져서 웃음이 뚝 그칠 것이고, 아버지는 가게에서 과하게 일을 할 것이고, 형제자매들은 사랑하던 누군가가 죽었을 때 느끼는 것과 비슷한 고통을 느낄 것이다. 가족. 나는 오크우에게 닿아야만 했다.

한데 나는 아직까지도 내 오쿠오코에 관해 아는 것이 많지 않았다. 그것들이 나에게 어떤 영향을 미쳤는지 이해하고 있지 못했다. 그것들이 어떻게 나를 메두스에게, 특히 오크우에게 연결시켜주었는지. 어째서 내가 그것들을 통해서 흥분되는 느낌을 받을 수 있었는지. 내가 엄청나게 분노하면 왜 그것들이 꿈틀거렸는지. 내가 아는 것은 내가 수학 도시에 있고 오크우가 수백 킬로미터 떨어진 병기 도시에 있어도 내가 오크우를 감지할 수 있다는 것과 한 번 아주 미약하긴 했지만 확실한 느낌으로 행성 여러 개만큼 먼데에 있는 메두스 족장이 내가 잘 있나 확인하는 걸느꼈다는 거였다.

나는 의도적으로 내 오쿠오코를 꿈지럭거릴 수 있었지만 내가 어떻게 그렇게 했는지 남에게 설명은 할 수 없었다. 그건 마치 콧구멍을 움직이듯이 그냥 할 수 있는 거였다. 이런 식으로 지금 옆에 있는 낙타의 텁수룩한 털을 쓰다듬으면서 나는 오크우에게로 뻗어갔다. 그것을 생각하고 그쪽으로 의지를 향했다. 몇 초가 지났다. 아무 일 없었다. 나는 한숨을 쉬고 할머니를 헬끔 훔쳐보았다. 할머니는 나를 주시하고 계셨다. 나는 파란 하늘을 올려다보고 저 멀리에 대기권을 벗어나고 있는 우주선 한 대를 포착했다. 티끌 하나에 지나지 않는다. 이착륙항은 아마 여기서 100마일은 떨어져 있을 터였다. 그 우주선이 혹시 세 번째 물고기호가 아닐까 궁금했다. '아니야.' 나는 생각했다. '세 번째 물고기는 곧 출산인걸.'

나는 머리를 흔들었다. '집중하자.' 생각을 했다. 오크우. 나는 아버지가 뿌리집 밖에 세워주신 그 천막을 그려보았다. 메두스가 숨을 쉬는 그 기체로 가득 차 있던 천막을. 오크우는 저희 종족 가운데서 쿠시-메두스 전쟁 이후 지구에 온 최초의 개체였다. 우리 가족이나 호기심 많은 다른 힘바 사람 누구도 상대 않고 그 천막 안에서 뭔지 몰라도 저 할 일을 하는 오크우. 그러고선 나는 마음으로 우주를 그리고 그 안 짧은 거리를 건너왔던 이동을 되새기게 하는 일련의 방정식들 속으로 살짝 들어갔다.

그렇게 나는 다시 정신을 뻗어내었다. 한 손은 낙타 혹에 그저 얹어둔 채라 낙타의 차분한 호흡을 따라 천천히 오르내렸다. 나는 오크우에게 닿으려고 한껏 뻗어갔고 오크우가 알아차리곤 내게로 뻗어왔다. 나는 그것이 덥석 잡아오는 걸 느꼈고 돌연 오크우의 생각이 느껴졌다. 내 얼굴에서 땀이 쏟아지고 주위의 모든 것이 오크우의 하늘색으로 물들어왔다.

'빈티.' 오크우가 내 오쿠오코 한 가닥을 통해 말하는 게 느껴졌다. 그 오쿠오코가 내 왼쪽 귓전에서 진동했다. '너 어디 있어? 머네.'

'바깥 사막이야.' 내가 응답했다. '오늘 밤에 못 돌아가.'

'내가 너를 찾으러 가야 하니?'

'아니.'

'너 괜찮아?'

'응. 그냥 마을이 멀 뿐이야. 며칠 걸려.'

'알았어. 나는 여기서 기다릴게.'

그러곤 그렇게 오크우는 나를 놓고 사라졌다. 나는 나 자신으로 돌아왔고 내 눈은 내 앞 사막에 초점을 맞추고 있었다.

"다 됐어?" 할머니가 물으셨다. 할머니는 내 뒤에서 계셔서 나는 뒤를 돌아봤다.

"네, 걔가 알아요."

할머니가 고개를 끄덕였다. "잘했다." 양손을 번쩍 들고 이리저리 휘두르면서 할머니가 말씀하셨다. 그러곤 저쪽으로 가셨다.

* * *

모두가 사생활 비슷한 걸 가질 수 있도록 사막 사람들은 자기들의 세련된 염소 가죽 천막들을 사막 쪽을 바라보게 해서 쳤다. 두 남자가 천막들의 한가운데에 불을 피웠고 여자들 몇 명이 그 불을 써서 음식을 하기 시작했다. 수분 포집기의 낮은 슉슉 소리가 천막 둘의 뒤편에서 들려왔고 거기서 나오는 시원한 공기가 야영지 전체를 더한층 냉각시켜주었다. 머지 않아 사람들은 낙타 중 한 마리가 실어날라온 커다란 빈 항아리를 천막들 중앙으로 굴려와 거기에 물을 채

181

웠다.

"너는 나하고 있어라." 나의 할머니가 그분을 위해 남자 둘이 방금 세운 천막을 가리켜 보이며 말씀하셨다. "잔뜩 마셔라. 네 몸은 수분 보충이 필요하니까."

안에 들어가보니 천막은 널찍했고 양쪽으로 침구가 두 벌 있었다. 저녁 식사로는 꿀을 바른 플랫브레드(효모로 부풀리지 않은 납작한 빵—옮긴이)와 말린 생선으로 끓인 맛있고 냄새가 강한 든든한 수프에 대추가 나오고 박하 차가 있었다. 태양이 떠오르자 남자고 여자고 모두들 잽싸게 각자의 천막으로 잠자러 들어가버렸다.

나는 기분 좋게 배가 불렀고 피곤했지만 아직은 너무 조바심이 나서 잠이 오지 않았다. 그래서 내 요 위에 앉아 바깥의 사막을 물끄러미 내다보았고 할머니는 건너편에서 코를 고셨다. 함께 사막으로 걸어 들어온 때로부터 기존에 날 엄습하던 플래시백이며 대낮의 공포가 사라졌다. 구워질 듯 뜨거운 건조한 공기를 들이마시고 나는 미소 지었다. 사막의 치유하는 성질은 언제나 나에게 잘 맞았다. 내 눈이 음위니에게 갔다. 음위니는 아까까지 낙타들에게 물을 먹이고 있다가 이제 사구 위에 나가 사막을 바라보고 앉은 터였다. 그 애의 손이 그 애 본인보다 앞질러 일하고 있었다. 나는 일어나서 음위니 있는 데로 걸어갔다.

내가 다가가자 음위니는 나를 보곤 도로 사막 쪽으로 몸을 돌려선 계속해서 손을 놀렸다. 나는 혹시 방해하는 건가 싶어 멈춰 섰다. 그랬다가 그냥 더 나섰다. 난 알아야만 했다. 게다가 그때까지 그이들 중 몇 명이 이런 식으로 손을 움직여대면서 이야기도 나누고 웃기도 하는 것을 본 바도 있었다. 그래서 이것이 기도나 명상 비슷한 것은 아닐 거라고 나는 생각했다.

"안녕." 어쩌면 손 움직이는 걸 멈추지 않을까 하는 마음으로 내가 말을 걸었다. 그 애는 멈추지 않았다.

"너 잠자야지." 그 애가 말했다.

나는 고개를 비뚜름히 하고 그 애를 지켜보았다. 그 애는 이맛살을 찌푸린 채로 파란색 옷소매를 걷고 양팔을 쳐들고는 두 손을 우아하게 확 내리면서 내찌르는 동작을 했다.

"잘 거야." 내가 말했다. 나는 동작을 멈추고 숨을

들이마셨다. 만약에 내가 흐름을 불러일으켜 음위니가 움직이고 있는 두 손에 연결시키면 무슨 일이 생길지 궁금했다. 찌릿해서 멈추려나? "지금 하고 있는 그거, 뭐야?" 내가 불쑥 물었다. "손으로 그러는 거. 조절은 되니?" 나는 기다렸다. 위축되는 기분으로 입술을 물면서. 잠시 동안 음위니는 손만 놀리고 있었다. 그 애의 눈은 지그시 사막을 응시했다.

그러다 그 애가 나를 올려다보았다. "의사소통하는 거야."

"그렇지만 말할 때 아니고도 그걸 하잖아… 지금도 그러네." 그 애가 양손으로 화려한 손동작을 할 때 내가 말했다. "지금은 나한테 무슨 말을 하던 중도 아니었어. 네가 말을 한 거래도 난 못 알아듣는데. 그리고 내가 보니까 다들 딴 사람하고 이야기하는 중에도 그렇게들 하던데?"

음위니는 한참 동안을 나를 바라보더니 이윽고 흘끔 야영지를 곁눈질하고 다시 나에게 시선을 주었다.

"그건 네 할머니가 가르쳐주실 일이야. 가서 여쭤보든가."

184
◯

"나는 너한테 물어보고 있는 거야." 내가 말했다. "너흰 다들 그렇게 하잖니. 그런데 누구한테 물어본들 안 될 거 있어?"

음위니가 한숨 쉬고 투덜거렸다. "좋아. 앉아."

나는 음위니 옆에 앉아서 다리를 가슴으로 끌어당겼다.

"티티 아주머니, 그러니까 너희 할머니는 말이야, 우리 할아버지와 절친한 친구셔." 음위니가 말했다. "그래서 나도 너희 아버지에 대해서나 너희 아버지가 가진 흉물에 대해 알 건 다 알아. 너도 똑같은 흉물을 가졌지."

분리되어 있는 두 세계가 머릿속에 한데 뒤얽혀 나는 눈을 껌벅거렸다. 내가 메두스족과 함께 우주선에 있었던 그때에 메두스들은 내 에단을 '흉물'이라고 불렀는데 이제 여기에서 그 단어가 다시 나왔다. 하지만 전혀 다른 맥락에서 나온 말이었다. "무슨 말인지 난 이해가…."

"네가 우릴 어떻게 바라보는지 다 봤어." 그 애가 말했다. "내가 마주쳐본 힘바족이란 힘바족은 다 그랬듯이 너도 꼭 그렇지. 우릴 야만인 보듯 해. 넌 우리를 '사막 사람들'이라고 부르지. 신비로운, 문명화되지 않은 검은 피부의 모래 부족이라고."

내가 가진 선입견을 정말 부정하고 싶었지만 음위니 말이 맞았다.

"너도 우리처럼 피부색이 한결 짙은 데다 우리처럼 관을 쓰고 있으면서 말이야. 우리 피를 받았으면서." 그 애가 말했다. "우리가 우리의 세 개 언어를 하듯이 너희 언어를 할 줄 아는 걸 보고 네가 얼마나 놀라던지. 보니까 신기하더라. '사막 사람들'이라. 우리 부족이 실제로 이름이 뭔지 그래 알긴 하니?"

나는 느릿느릿 고개를 저었다.

"우린 에니 지나리야야." 음위니가 말했다. "아니, 무슨 뜻인지 번역해주진 않을래." 그 애는 똑바로 나를, 내 눈을 들여다봤고 나는 시선을 돌리지 않았다. 나는 애당초 내가 물어본 것의 답을 원했고 지금같이 누구한테 시험을 당할 땐 그런 줄을 알았다. 조율사로서 다른 조율사의 눈을 똑바로 들여다보는 건 세상에 둘도 없을 경험이다. 정말로.

우리 주위의 모든 것이 훌쩍 물러나고 내 두 귀 사이에서 한 낭랑한 음률이 너무나도 완벽하게 결을 맞추어 진동해 나는 몸이 둥실 떠오르는 느낌이었다.

"난 배운 대로 알 뿐이야." 내가 속삭였다.

"사실이 아니잖아." 그 애가 말했다.

"나… 난 너희 부족 사람을 만난 적이 있었어." 내가 말했다.

"우리도 알아." 그 애가 말했다. "그래 그 사람이 야만인이던?"

"아니." 내가 말했다.

"그럼 그때부터 알았던 거네."

"그러네." 내가 말했고 눈을 꽉 감으며 이마를 문질렀다. "맞아."

그 애가 클클 웃었다. "네가 무슨 일을 했는지 전해 듣고서 우리 모두 환성을 올렸지."

"정말로?"

음위니는 내게서 몸을 돌렸다. 그렇게 대화를 끝냈다. "너 그만 가야지. 가서 잠 좀 자."

"내가 물어본 것에 대답부터 해줘." 내가 말했다.

"부탁이야."

"했는데. 우리는 의사소통을 하는 거라고 했잖아."

"누구하고?"

"모두 다하고."

"네가 나하고 이야기를 하면서 다른 사람들한테도 말을 하고 있다는 거야?"

"네 천문의하고 똑같은 거야." 그 애가 말했다. "다른 사람하고 말을 하는 중에도 그걸 쓸 수 있지 않아?"

"그렇지만 여긴 아무도 없는데."

"나는 마을에 남아 있는 우리 어머니하고 얘기하고 있었어." 그가 말했다. "어머니가 네 얘길 물어보셔서."

"아." 내가 이맛살을 잔뜩 찡그리면서 말했다. "그러니까 너도 내가 오크우에게 말을 하듯이 말할 수 있는 거구나?"

음위니는 잠시 가만 있다 양손을 움직였다. 그러고 나서 나를 보고 그저 이렇게만 말했다. "너희 할머니한테 여쭤봐."

나는 막 일어나려던 참이었으나 그 말을 듣고 동작을 멈췄다. 그리고 물었다. "관이랬나? 나도 너처럼 관을 쓰고 있다고 아까 그랬지?"

음위니는 부숭부숭한 적갈색 머리카락을 한 움큼 쥐어보였다. "이게 관이야." 그러곤 소리 내어 웃었다. "그래, 너도 전엔 관을 쓰고 있었지. 메두스족이 그걸 벗겨가고 대신에 촉수를 얹어놓기 전까지는 말이야."

그런 말에는 울컥 화를 내고 싶었지만 음위니가 그 말을 한 태도 때문에, 너무나도 곧이곧대로 말을 하는 바람에 그만 화가 나질 않고 오히려 죽어라 웃음이 터졌다. 그래서 돌연 우리는 둘 다 킬킬대며 웃고 있었다. 웃던 게 진정이 되자 여독이 덮쳐왔고 나는 천천히 일어섰다. "너희 부족 이름이 뭐라고 했지?" 내가 물었다.

"너는 힘바, 나는 에니 지나리야." 그 애가 말했다.

"에니 지나리야." 내가 따라했다.

음위니가 고개를 끄덕이며 미소 지었다. "발음 잘하네."

"알았어." 나는 그렇게 말하고 할머니의 천막으로 돌아갔다. 가서는 자리에 누워 몇 초 만에 잠이 들었다.

* * *

"일어나라, 애야."

눈을 뜨니 할머니 얼굴이 보였고 바람에 천막 벽이 펄럭대는 소리가 들렸다. 나는 할머니의 눈을 들여다보며 마지막 남은 잠기운을 쫓으려 눈을 깜박거렸다. 일어나 앉아보니 놀랍도록 푹 쉰 느낌이었다. 열기를 식혀주는 저녁 바람은 냄새마저 신선하기 그지없어 나는 콧구멍을 벌름거리며 그 공기를 깊이 들이마셨다. 거의 여섯 시간을 잔 후였다.

할머니는 미소 지으셨다. 바람이 세서 부숭부숭한 머리카락이 이리저리 바람에 불리고 있었다. "그래, 사막을 건너기에 좋은 시간이 됐다."

사막은 말할 수 없이 멋졌다. 환한 달빛과 부드러운 모랫길이 한데 어우러져 땅이 딴 세상 같았다. 다른 이들이 이야기하고 웃고 이리저리 움직여 다니는 소리, 길 떠날 채비를 차리는 중인 낙타 두 마리가 크게 우는 소리가 들려왔다. 플랫브레드 냄새에 내 위장은 꼬르륵거렸다.

"할머니." 내가 말했다. "저기, 에니 지나리야는 어째서 손으로 이야기를 하는 건지 말씀해주세요."

할머니는 잠시 눈을 크게 뜨셨고 나는 얼른 말했다. "전 행성 여러 개만큼 먼 데에 가서 다른 세상에서 온 사람들에 대해 배웠고 직접 만나도 봤어요. 그런데 자기… 자기 동족 일도 모르고 있다는 건 잘못이에요." 스스로 한 말이 가슴속에 척 들어앉는 동안 나는 후우 숨을 내보냈다. 이제는 그 말이 참이었다. 부끄럽게 생각하고 내 혈통에 대해 입 다물고 있던 하루 전까지만 해도 달랐던 진실이다. '밤의 가장꾼'을 본다는 건 과연 신화대로였다. 그걸 보는 건 곧바로 엄청난 변화가 들이닥친다는 걸 의미했다.

"나하고 걷자." 할머니가 말씀하시며 천막을 뒤로 하셨다. 나는 내 가방을 집어 들고 따라갔다. 야영지를 걸어 나가면서 보니 남자들 중 두 사람이 우리 천막으로 가 천막을 걷기 시작했다. 할머니는 제일 가까운 높은 사구 위로 나를 데리고 가셨다. 꼭대기에 이르자 할머니는 야영지 쪽으로 몸을 돌려 앉으셨다. 나는 그 옆에 앉았다. 아래에서는 야영지가 이런저런 활동으로 부산스러웠다. 우리 것만 빼고 천막은 모조리 걷어서 꾸려놓은 터였다. 제일 늦게 일어난 사람은 나였던 게 분명했다.

"어디서 용케 우리 부족 이름은 배워 알았구나."

"음위니한테 물어봤어요."

"배워 알려면 유일한 길은 호기심을 갖는 것이지." 할머니가 말씀하셨다.

할머니는 한동안 두 손을 앞으로 하여 놀리고 있더니 이윽고 나를 보셨다. "방금은 내가 네 아비와 통신한 거다."

나는 눈썹을 치올렸다.

"너희 힘바족은 정말이지 내향적이야." 할머니가 말씀하셨다. "자기들 안의 천재를 깊이 파고들어 거기서 거두어들인 지식을 바탕으로 기술을 키우면서 그 분홍색 호수 주위에 둥지 틀고 꽁꽁 틀어박혀 살지. 너 같은 여자애며 여자 어른들은 그 뻘건 점토를

캐다가 그 밑으로 숨고. 너희는 지금껏 대대로 그 땅에 살아온 흥미로운 부족이야. 하지만 너희 부족은 젊은 부족이지. 에니 지나리야는 오래되고 오래된 아프리카인들이란다.

그리고 너희들이 한결같이 믿는 것과는 딴판으로 우린 너희 과학기술을 부끄럽게 할 고도의 기술을 가지고 있어. 그런 기술을 가진 지 벌써 여러 세기째다." 할머니는 말을 끊어 이 새로운 이야기가 스며들 시간을 주었다. 나로서는 그 말이 쉽게 받아들여지지 않았다. 할머니가 말씀하신 것 모두 내가 지금껏 배워온 바와는 너무 딴판이라서 약간 어지럼증이 들기 시작했다.

"그렇긴 해도 우리가 창안해낸 것은 아니지, 그게." 할머니가 말을 이었다. "그것은 지나리야가 우리에게 가져다준 것이란다. 지나리야 시대에 살았던 이들이 당시 일을 기록했지만 그 기록들은 종이 위에 한 것이었고 종이는 보존이 안 되지. 그래서 우리가 아는 거라곤 어르신들이 읽은 내용이었다가 이후에는 그 어르신들 이후의 어르신들이 기억한 내용이 되고 다시 그다음 세대 노인들이 기억한 것이 되고, 그런 식으로 이어져왔어.

지나리야는 사막에서 우리에게 찾아왔다. 그이들은 황금으로 된 종족이었단다. 햇빛을 받아 번쩍번쩍 빛이 났지. 태양열 동력을 쓰던 그이들은 지구의 사막에 착륙해 휴식을 취하며 움자 대학행성으로 갈 연료를 재충진하려던 거였다."

나는 자신이 통제되지 않았다. "뭐라고요?" 내가 빽 소리 질렀다.

할머니는 클클 웃으셨다. "그래, 우리 '사막 사람들'이 움자 대학교를 안 건 지구의 다른 사람들이 휴대폰을 갖기보다도 더 전의 일이야!"

"세상에, 그럴 수가." 내가 속삭였다. 옛날 그 시절에 지구의 그 누가 움자 대학교라는 발상 자체만이라도 이해를 해 알았을 수 있었으리라고 난 상상도 해보지 못했다. 지구 인류는 아직 외부 종족들과 진정한 접촉을 해보지도 못했고, 지구 밖 외계인에 접촉한 비인간들은 구태여 인간들에게 뭐라도 알려줄 마음이 없었던 때다. 그로부터 몇 세기가 지난 지금 거기에 실제로 가 있어본 나조차도 아직 움자 대학교의 압도적인 위대함을 내 머리로 이해하는 데 겨우겨우 힘이 닿을까 말까 하는 판국이다.

"옛날 그 시절에 우리 부족은 지금보다도 작은 부족으로 떠돌아다니며 살았는데 지나리야와 굳은 벗이 되었지. 지나리야 중 많은 이들은 불과 몇 달 있다가 움자로 떠났지만 몇 명은 움자로 가기 전에 여러 해 동안을 우리와 함께 지냈다. 떠나기에 앞서서 그이들은 자기들이 어디에 있든 우리가 그들과 통신할 수 있게, 또 우리 사이에서도 어디에 있든지 상관없이 의사소통을 할 수 있게 도와줄 무언가를 주었다. 그들은 또 그걸 '지나리야'라고 불렀지. 그것은 우리 피에 맞게 재단된 살아 있는 유기체로, 부족 구성원 모두가 물에 타 마심으로써 체내에 도입했다. 우리 뇌에 편안하게 설치될 만큼 작디작은 생물학적 미세 기기지. 일단 그것들을 몸속에 갖게 되면 신경계에 천문의를 이식한 것같이 된단다. 그걸 먹고 듣고 냄새 맡고 만질 수 있고 심지어 그냥 느낄 수도 있어."

어떻게 내가 이걸 어림하지 못했을까? 외계 기술로

해서 그렇게 된 거라는 점 말고, 플랫폼이 있어 그 플랫폼상에서 뭘 하고 있는 거였다는 사실 말이다. 천문의가 투영하는 그런 가상현실 플랫폼이 있어서 다들 그걸 조작하고 있었던 거였다! 에니 지나리야만이 볼 수 있고 접속할 수 있는 플랫폼이 있어서. 뻔히 알 수 있는 걸 왜 몰랐나 생각하니 부끄러움이 가슴을 찌르는 듯했다. 다름 아닌 나 자신의 편견 때문이었다. 나는 사막 사람들을, 에니 지나리야를 원시적이고 야만적인 사람들, 유전적인 신경 장애로 고통받는 족속으로 보도록 키워졌다. 그렇다 보니 영락없이 그렇게 봤다.

할머니는 알 만하다는 짓궂은 미소를 머금고서 고개를 끄덕이셨다. "그리고 지나리야가 그걸 마신 사람들 체내에 일단 들어간 후엔 그 미세 기기들은 그들의 DNA를 통해 자손들에게도 전해졌지." 말을 끊고는 나를 보시며 기다리셨다. 몇 초가 지나갔고 나는 마음이 초조해 이맛살을 찌푸렸다. 해주실 말씀 다 해주신 거냐고 막 여쭤보려는 참에 머릿속에 무슨 생각이 팡 터졌다. 한순간 세상이 뿌옇게 흐려져 나

196

는 지금 앉아 있길 다행이었구나 생각했다. 나는 눈을 꾹 감고 제일 먼저 떠오르는 수학식을 붙들었다. 수식들은 언제나 위성들처럼 내 주위를 공전했고 그 생각을 하면 마음이 진정되었다.

부드럽게 저절로 나무 노릇을 시작했다. 그러고 나서 눈을 떴다. 평정을 찾고 차분해진 채로 그렇게 하나의 심란하기 짝이 없는 정보와 직면했다.

"아버지도 몸속에 지나리야가 있겠네요." 내가 말했다.

나의 할머니는 음흉한 미소로 나를 보고 계셨다. "그렇지."

"그리고 저랑 제 동기들도 다 그렇고요."

"맞다."

"외계 기술을 몸속에 갖고 다니는 거네요."

"그래."

그 정보가 나를 후려쳐 쓰러뜨릴 것만 같아서 나는 더욱 깊이 명상에 잠겨 들었다. 그러려고 했으면 흐름을 불러일으켜 모래 속으로 흘려보낼 수도 있었다. '나는 힘바족이야.' 나누어지고 또 나누어지는 수식의 프랙탈. 내게 가장 위안이 되는 무늬의 여백에 나는 스스로 말했다. '나는 힘바족이야. 아무리 내 머리카락이 내 행동으로 해서 오쿠오코가 되었어도 그리고 설령 에니 지나리야의 피를 지녔어도. 설령 내 DNA가 외계의 것이라고 해도.'

"빈티야." 할머니가 부드럽게 부르셨다.

"어째서 저는 그걸 못 보죠? 제 형제자매도 아무도 못 보고 아버지도 못 보는 건 왜예요? 저희는 아무도 손을 이리저리 휘젓거나 하지 않아요. 다른 사람들은 보지 못하는 대상을 조작하지 않는다고요."

"네 아비는 볼 수 있고 실제 본다." 할머니가 말씀하셨다. "그러기로 하기만 하면 말이지. 좀 전에 내가 네 아비와 통신했다고 그러지 않았니? 아들이 어머니를 아예 버릴 것 같으냐? 그 녀석이 힘바 여자와 혼인해 제가 타고난 조율 기술을 여기 빈 땅이 아니라 '문명' 속에 가 사용하겠다 결정했단들 그 이유만으로?"

나는 푹 숨을 내쉬고 두 손을 이마에 눌렀다. 너무너무 이상한 기분이었다. 하나부터 열까지 이건 정말 너무 낯설었다.

"아버지한테 연락하실 수 있으시면 왜 굳이 저보고 오크우에게 연락하라고 그러셨어요?"

"네가 할 수 있는지 보려고 그랬지." 할머니가 빙그레 웃으며 말씀하셨다. 나는 찌푸렸다.

"자, 잘 들어라." 할머니가 말씀하셨다. "지나리야는 그냥 쓸 수 없어. 켜야 하지. 활성화시켜야 하는 거야. 그렇지 않으면 자기가 그걸 품고 있는지 알지도 못한 채로 평생 살 수도 있다. 네가 살아온 것처럼 말이다."

"그걸 어떻게 켜는데요?"

"부족의 여사제가 해주지. '아리야'가. 내일 그이를 만나게 될 거다."

* * *

난 정말 돌아서고 싶었다.

아, 정말로 돌아가고만 싶었다. 해도 해도 너무한다. 정말 도를 넘었다. 집에 갈 수 있을걸. 집에 가서 지금이라도 내가 직접 소금 길로 여자들이 간 길을 더듬어 가 따라잡고 내 순례행을 완수할 수도 있을 걸. 나도 한 사람 몫을 하는 우리 부족 어른 여자, 온전한 힘바 여자가 될 수 있을걸. 그저 어둠 속으로 걸어 나가 내 천문의를 써서 어디로 가야 할지 알아내기만 하면. 그렇지만 우리는 빈 땅으로 며칠을 걸어 들어온 터였으니 난 밤중에 무언가를 만나 죽임 당하든가 아니면 먹을 것도 없고 제대로 된 수분 포집기도 없는 탓에 죽고 말 터였다.

그것도 그렇고 꼭 돌아가고 싶은 생각도 안 들었다. 어쩌면 이렇게 난 번번이 내가 해야 할 행동대로 하겠다는 맘이 들질 않을까?

* * *

그래서 나는 할머니와 함께 갔다. 사막 사람들과 함께 갔다.

밤을 타서 걷고 낮 동안 잠자고, 대추와 플랫브래드와 야자유를 듬뿍 넣어 푹 끓인 에니 지나리야 음식을 먹으며 가기를 그때부터도 48시간이나 더 했다. 나는 세 번 더 음위니가 포식동물 떼에게서 우리를 지켜주는 광경을 보았다. 한 번은 또 다른 들개 떼였고 두 번은 하이에나들이었다. 그리고 나는 에니 지나리야를 새로운 눈으로 바라보았다. 특히 그들의 손을 잘 보았다.

그러는 동안에 나는 천문의는 거의 건드리지도 않았다. 주위에 내가 알아가야 할 것이 너무나 많았다. 천문의는 필요가 없었다.

내 에단의 파편들 역시 건드리지 않았다. 생각도 하고 싶지 않았다. 이틀째인 그날에 오크우가 한 번 내 상태를 확인했는데 첫 번보다도 더 퉁명스러웠다.

'너 괜찮아, 빈티?'

'괜찮아.'

'그래.'

그게 다였다. 사흘째에는 아예 확인하러 들어오는 느낌도 없었다.

나는 그날 늦게 맨 처음에 했던 대로 오크우에게 닿으려고 해보았지만 오크우는 응답이 없었다. 오크

201

우가 나 떠난 뿌리집에서 무엇을 하고 있을지 궁금했지만 걱정이 되진 않았다. 할머니는 아버지와 연락을 하고 있으니 사정이 어떻게 돌아가는 줄이야 다들 빠짐없이 알고 있겠지.

* * *

네 밤째에 가서 지형이 달라졌다. 가다 보니 아무렇지도 않게 사구가 끝이 나며 평평한 흰 석회암 지대가 시작되었다. 그리고 그로부터 얼마 못 가 불현듯 확 내려가는 곳이 나왔고 내가 이게 무슨 일인지, 지금 보고 있는 게 뭔지 미처 파악을 하기도 전에 기쁨에 찬 요란한 환성이 들려왔다.

황금의 종족

에니 지나리야는 거대한 석회암 벼랑에 그물처럼 서로 연결돼 쫙 깔린 동굴들에서 살았다. 이 동굴들 속에 들어가면 이리저리 굽은 층계가 나 있어 동굴과 동굴을, 가족과 가족을 이어주었다. 어떤 동굴들은 아주 작아서 꼭 무슨 장롱 속 같고, 또 어떤 데는 굉장히 커서 뿌리집만 했다. 도착을 하자마자 나는 할머니를 따라 할머니 가족들의 동굴을 빠르게 한 번 순회했다. 어린 사람부터 나이 든 사람까지 할머니의 일가붙이를 정말 많이 만났는데 다들 열정적으로 양손을 이리저리 휘저어대었고 나는 그이들이 거주하는 장소의 논리를 도무지 이해할 수 없었다.

보아하니 사람들은 다들 자기한테 제일 편한 데서 살면 되는 모양이었다. 어떤 할아버지가 십 대인 손녀와 함께 사는 동굴을 보았는데 그 여자애의 부모는(어머니가 노인분의 따님이셨다) 좁은 굴로 이어진 다른 동굴에 거주했다. 할아버지와 손녀는 둘 다 돌을 모으고 연구하고 기록하는 일에 여념이 없었다. 그래서 그들의 동굴은 돌무더기들로 그리고 조사한 바를 휘갈겨 써놓은 노랗게 변색된 종이 더미로 꽉 차 있었다.

"돌덩이로 동굴을 채울 거면 하나만 채우는 게 낫지." 여자애의 어머니가 소리 내어 웃으면서 그렇게 말했다. "둘이 같이 잘만 지낸다니까."

우리 할머니의 동굴은 작았지만 세간이 거의 없고 정갈했다. 여러 가지 색으로 된 파란 털 깔개가 깔려 있고, 따님들 중 한 분이 수집했다는 수정 알을 달아 만든 정교한 모빌이 천장에서 드리워져 있고, 그들이 전문적으로 제조하는 향유 병들이 있었다. 그 방은 냄새도 정갈한 냄새가 났다.

방 안에는 한가운데에 있는 둥그런 태양광 등으로

환하게 불이 켜져 있었는데 가장 놀라운 건 할머니의 동굴에 식물들이 잔뜩 있다는 점이었다. 그걸 보니 나는 새삼 세 번째 물고기호의 호흡실이 생각났다. 할머니 침대 옆 천장에 달려 있는, 잎이 무성한 녹색 줄기가 치렁치렁 넘쳐 흐르는 화분들이 있었다. 모래가 가득 담긴 커다란 바구니 몇 개에 나무같이 생긴 연두색 다육식물이 자라고 메마른 생물발광 덩굴들이 바로 동굴 벽을 타고 올랐다. 거기 그 동굴 안에서 내 할머니는 서로 다른 다섯 종류의 토마토를 키우고 고추도 세 종류 그리고 나는 뭔지도 모르는 무슨 다른 열매 열리는 식물도 키우고 계셨다.

"나는 식물학자야." 할머니가 가방을 내려놓으면서 말씀하셨다. "네 할아버지도 같았지."

"같았다고요?"

할머니는 고개를 끄덕이셨다. "그 사람은 힘바족이었단다." 할머니는 그 정도만 말하고 말았다. 분명히 훨씬 더 많은 사정이 있었을 텐데… 나는 할아버지가 왜 힘바족을 떠났던 건지, 연락은 하고 지내셨던 건지 물어보고 싶었다. 우리 아버지가 슬하를 떠나 힘바족으로 돌아가겠다고 결정했을 때 할아버지는 어떻게 생각하셨는지 물어보고 싶었다. 아버지가 어렸을 때에 먹고 자고 했던 데가 바로 이 방이냐고 물어보고 싶었다. 할머니는 왜 식물이 그리 좋으셨는지 물어보고 싶었다. 이 마을의 다른 사람들은 다들 선뜻 여러 명씩 함께 사는데, 심지어 이보다 더 작은 동굴에서도 그렇게들 사는데 왜 할머니는 혼자 사시느냐고 물어보고 싶었다. 하지만 그러는 대신에 나는 할머니가 기르는 엄청 잘 자란 수많은 식물들을 구경하고 식물 기운이 윤택한 공기를 들이마셨다. 다른 동굴들이나 바깥의 건조한 사막과는 냄새가 정말 달랐다.

내 손보다 큰 화분에 심어진, 마른 뿌리에서 자라 피어난 조그만 노란 꽃에 가 멈춰 섰다. 여러 해 전 내가 에단을 찾아냈을 때 에단에서 자라고 있던 것과 같은 종류의 꽃이었다.

"이건 뭐예요?" 내가 물었다.

"나는 올라 에도라고 부른다." 할머니가 말씀하셨다. "'찾기 힘들고 기르기도 힘들고' 하는 뜻이야." 소리 내어 웃으셨다. "그리고 그리 예쁘지도 않지. 자, 이제 쉴 때가 됐다. 빈티. 내일은 큰일이 있는 날이니까."

세 번째 물고기의 호흡실에서 그랬던 것처럼 이 방에서 나는 잘 잤다.

아리야

아리야의 동굴은 동굴 마을에서 1마일 떨어진 마른 호수 중앙에 있었다.

"전에는 그 굴 속에 뭐가 들어가 살았지. 여기가 호수였던 옛날에는 말이야." 함께 걸어가면서 음위니가 말했다. "어쩌면 심지어 그게 제 힘으로 바위에 구멍을 뚫고 들어갔던 것일지도 몰라."

"어떻게 알아?" 걸으며 그곳 땅을 살피면서 내가 물었다. 군데군데 평평하던 석회암이 울퉁불퉁 솟아나온 데들이 있는데 그런 데는 걷기가 힘이 들었다. 튀어나온 돌부리에 발이 걸려 넘어지지 않으려면 정신을 똑바로 차려야 했다.

"'집합지식'에 나와." 음위니가 눈길을 스치면서 말했다. "집합지식이란 에니 지나리야의 기억이야. 우리 모두 접촉할 수 있는."

나는 고개를 끄덕였다.

"하지만 아무도 그게 어떤 생물이었는지 정확하게 알진 못해." 음위니가 말했다. 그러곤 양손을 앞에 휘저었다.

"지금 그분한테 거의 다 왔다고 말한 거지?" 내가 물었다.

음위니는 눈살을 찌푸리고 날카로운 일별을 던졌다. "어떻게 알았⋯."

"난 바보가 아니야." 내가 말했다.

음위니가 끙 소리를 냈다.

나는 웃었고 앞쪽 저 너머를 가리켰다. "게다가 바로 저기 저만치에 뭔가 있는 게 보이거든. 구멍인지 뭔지가 있네."

구멍이라고 부르는 건 과소평가였다. 단단한 지면에 쩍 입을 벌린 그 구멍은 크기가 집채만 했다. 그리로 걸음을 옮기면서 나는 두 가지 사실을 알아차렸다. 첫 번째 것은 커다란 새 한 마리가 그 구멍 상공에서 원을 그리고 있다는 점이었다. 두 번째는 구멍의 돌벽에 조잡한 돌계단을 깎아놓아 그 층계가 바닥까지 빙빙 감아 내려가고 있다는 것이었다.

우리는 층계를 내려갔다. 음위니가 앞장섰다. 나는 손으로 거슬거슬한 벽을 훑고 가며 머릿속으로 부드러운 방정식들을 읊었다. 나는 부드러운 흐름을 불러일으켰고 그러자 제법 미끄러운 흐름의 마찰 저항으로 거친 돌벽을 훑어가는 손끝의 느낌이 기분 좋았다. 깊숙이 파인 이 구멍에 내려오자 벽면이 온통 책이었다. 정말 책이 많았다. 태양의 위치는 분명 바로 머리 위인 듯했다. 한낮의 강한 빛이 그 공간에 환히 넘쳐 흘렀기 때문이다. 그렇게 환했지만 그 빛과 함께, 발광 덩굴들이 자라나 비교적 어두운 구석진 곳들을 밝혀주고 있었다.

아리야는 그늘 속에, 책이 꽂힌 책장 하나를 옆에 두고 서 있었다. 양팔을 앞으로 팔짱 긴 채였다. "하나도 안 변했구나." 그분이 말했다. 거의 10년이 지났는데 왕관같이 부숭부숭한 머리는 약간 더 허예졌고 얼굴은 조금 더 현명해졌으나 나는 이 여자를 어디서 만나든 알아볼 수 있을 것 같았다. 할머니가 다 된 분이 몇 년 지나는 사이에 키가 더 커질 수도 있나?

"안녕하세요, 음마." 올려다보면서 내가 말했다. 힘바족의 경칭으로 그이를 불렀는데 달리 뭐라 불러야 할지 몰랐기 때문이었다.

"빈티." 그분이 말하면서 나를 끌어들여 꽉 껴안아 주었다. "내 집에 잘 왔다."

"불러주셔서 감사합니다." 내가 말했다.

그분은 음위니도 그렇게 꼭 안아주었다. "저 애를 데려다주어서 고맙다. 길은 걷기 어땠니?"

"예상한 대로였어요." 음위니가 말했다.

"데리러 오는 건 해 질 녘에 오너라."

"으윽." 난 그만 풀썩 주저앉았다. 지금 오전인데 이 일이 하루 종일 걸릴 거라고는 미처 생각 못 했다. 하긴 생각을 했어야 하는 일이었던 것 같긴 했다. 이런 식으로 생각도 못 한 일을 나에게 불쑥불쑥 들이미는 게 에니 지나리야 방식인 모양이니.

음위니가 끄덕이고 나에게 찡긋 눈짓을 한 후 갔다.

아리야는 도로 나를 향했다. "흐름을 따라가려면 어떻게 해야 할지 아직 모르겠느냐?" 그분이 물었다. "조절을 해라."

"전 이럴 줄은 생각을 못하고…."

"너는 밤의 가장꾼을 보았지." 그분이 말했다. "그건 작은 일이 아니야. 왜 예상대로 될 거라고 예상하겠니?"

내가 미처 할 말을 찾기도 전에 아리야가 말했다. "이리 와 앉아라."

이제는 층계를 거의 다 올라간 음위니를 한 번 더 쳐다보고 나서 나는 그 나이 든 여자분을 따라갔다.

우리는 동굴 속으로 더 깊이 들어가 커다란 파란색 원형 깔개 위에 앉았다. 이곳은 시원하고 컴컴했다. 공기에서 기분 좋은 향냄새가 났다. 이 공간을 보니 '일곱째 사원'이 생각났다. 거의 텅 비었고 고요하고. 하지만 아리야는 일곱의 여사제와 아주 딴판이었다. 아리야는 조용조용하지 않았고, 주황색 스카프로 머리를 둘러 싸지도 않았고, 몸에 오치제를 칠하고 있

212

지도 않았고, 단도직입적으로 말을 했다. "네가 밤의 가장꾼을 본 건 왜라고 생각하느냐? 너는 남자가 아니야." 그분이 물었다.

"제가 실제로 보긴 본 거예요?" 내가 물었다.

"질문으로 질문에 답하지 마라. 왜 네가 그걸 보았다고 생각하지?"

"모르겠어요."

"우리가 처음 만났던 때 기억하니?"

"네."

"너는 왜 거기까지 나와 있었느냐?"

"제가 찾아낸 장소였거든요. 좋아하는 장소였어요." 내가 말했다. "거기 나와 있으면 안 되는 거였지만요. 저도 알아요."

"그래 그래서 그곳이 너를 어디로 데려다놓았는지 봐라."

"무슨 뜻이세요?"

"에단을 찾아내지 못했더라면 질문을 하고 성장을 했을까? 집을 떠났겠어? 그리고 설령 그렇게 했을 거라고 해도 지금 네가 살아 있을까?"

그렇게, 정말 여러 달 동안 그랬던 식으로 갑자기 확 찾아왔다. 분노가. 그 분노가 바늘처럼 등을 콕콕 찌르는 게 느껴졌고 내 오쿠오코가 꿈틀거렸다. 나는 숨을 깊이 마셨다, 분노를 진정시키려고 애썼다. "상관없어요." 내가 중얼거렸다. 씨근씨근 콧방울이 벌렁거렸다.

"왜?"

또 한 번 노도와 같은 분노가 내 전신을 휩쓸었고 나는 화가 나서 주머니에 손을 찔러 넣었다. 움직일 핑계가 생겨서 다행이었다. 내 오쿠오코가 머리 위에서 사납게 용틀임하는 것과 아리야의 눈이 그리 가 있는 것이 느껴졌다. 그 눈은 그것들의 움직임을 차분하게 지켜보고 있었다. '상관없어.' 나는 생각했다. 그리고 그 작은 밀봉 주머니를 끄집어냈다. 나는 몸을 앞으로 기울이고 벌름거리는 콧구멍으로 큰 숨을 몰아쉬면서 아리야 앞 깔개 위에 그것들을 죄다 사납게 내팽개쳤다. 와르르 쏟아진 금속 조각들이 챙챙 울리는 소리에 이어 골골이 무늬가 새겨진 황금 핵이 떨어지는 텅 소리가 났다. 나는 더한층 강조를 하려

두 손으로 그것들 쪽으로 손짓을 했다. "왜냐하면 내가 부숴 먹었으니까요!" 내가 빽 소리쳤다. 갈라진 목소리로. "내가 부숴 먹었어요! 조율사인 주제에 내가 에단의 화음을 깨뜨렸다고요!" 내 목소리가 짜랑짜랑 동굴 안에 울리고 위까지 메아리쳐 갔다. 그러고는 침묵이 왔다.

나무 노릇으로 나 자신을 진정시켰어야 했다. 이 사람은 아리야, 에니 지나리야의 여사제다. 나는 이제 막 이분을 뵈었다. 그런데 지금 여기서 야만인처럼 굴어대는 중이었다. "알아요." 내가 덧붙였다. "난 부정해요. 그렇기 때문에 집에 온 거예요. 내 순례행을 통해 정화되려고요. 그렇지만 난 못 갔어요··· 거길 안 가고 여기 와 있어요···." 말을 바로 맺지 못하고 나는 분해된 조각들과 황금 핵에 지그시 시선을 둔 아리야를 바라보기만 했다. 몇 분은 되는 것 같던 시간이 지나서 나는 웬만큼 진정이 되었다. 내 오쿠오코가 점차 잠잠해졌다. 나머지 전신이 이완되었다. 그리고 내 에단은 여전히 부서진 그대로였다. '내가 부쉈어.' 나는 생각했다.

"부정하다고? 그렇지 않아." 아리야가 마침내 고개를 흔들면서 말했다. "이제는 메두스가 된 너의 그 부분, 그거야 네가 통제를 해야 하는 것일 따름이지."

1년 동안이나 내 마음에 꺼림칙하게 걸려 있던 문제를 이분은 한 문장으로 풀어놓았다. 사실 그게 전부가 맞다. 뜬금없이 치미는 분노와 폭력욕, 그건 그저 내 몸에 들어와 있는 메두스 유전자의 짓이다. '내가 잘못한 건 없는 거야?' 내가 생각했다. '부정하지 않은 거야? 그저… 새로 생긴 내 일부분이라 통제하는 법을 배워야 할 뿐인 거야?' 내 순례행을 갈 맘을 먹고 이 먼 길을 온 까닭은, 내 몸이 여기 무언가 잘못된 데가 있다고 자꾸 알려주려 하는구나 생각했기 때문이었다. 스스로 인정을 할 마음은 전혀 없었지만 나는 속으로 그렇게 생각했다. 내가 내린 결정 탓으로, 내가 한 행동 탓으로, 내가 움자 대학교에 가려고 고향을 떠난 탓으로 나 자신을 망가뜨리고 말았다고. 죄책감 탓에 그만. 이제 느껴지는 안도감이 너무나도 총체적이어서 나는 이 깔개에 그냥 드러누워 자버리고만 싶었다.

무릎에서 찌걱찌걱 소리를 내며 아리야가 천천히 일어섰다. 기다란 파란 옷의 먼지를 털었다. "가끔 보면 뻔한 게 너무 뻔해서 잘 안 보이지." 중얼거리면서 저쪽으로 걸어갔다. 그러면서 어깨 너머로 말했다. "거기 있어라."

나는 아리야가 층계를 올라가는 것을 보고 있었고 꼭대기까지 올라간 아리야는 어디론가 걸어갔다.

나는 등을 대고 누워 한숨지었다. "메두스 DNA일 뿐이야." 내가 중얼거렸다. "DNA가 아니라도 아무튼 뭐든 그 족속 유전정보가 적혀 있는 그거. 그냥 그거야." 팔꿈치를 짚고 윗몸을 일으켜 깔깔 웃었다. 그러다 여전히 깔개 위에 널려 있던 분해된 에단에 눈이 갔다. 웃음이 멈췄다.

* * *

아리야는 아마 한 시간쯤은 될 시간 동안 자리를 비웠다. 나는 그 둥그런 푸른색 깔개 위에서 금세 꾸벅꾸벅 졸음에 떨어졌다. 서늘한 어둠과 향 냄새가 자장가를 불러준 셈이었다. 층계 맨 위에서 난 아리야의 샌들 소리가 나를 깨웠다. 아리야는 층계 첫 단에 발을 디뎠고, 멈춰 섰다가, 이내 빠르게 층계를 내려왔다. 그이의 상반신이 시야에 들어온 때에 나는 그 생물을 보았다. 내가 보고 있는 게 정말 그거 맞나? 아리야가 층계 맨 밑에 이르렀을 때 나는 일어섰다. 자발적인 행동이 아니었다고 해도 될 지경이었다. 하지만 건장한 여자가 커다란 부엉이를 팔에 앉히고 층계를 내려오는데 그러지 않고 배길까?

부엉이는 키가 두 자는 되고, 깃은 흰색과 황갈색이고, 부리는 검고, 부숭부숭하니 찌푸린 눈썹이 있는 둥그런 얼굴에, 커다란 노란 눈을 가지고 있었다. 머리 위에 난 검은색과 갈색의 깃털이 뿔 돋친 것 같았다. 아리야는 갈색 가죽 토시를 감아서 팔을 보호하고 있었지만 보호구는 그게 다였다. 부엉이가 하려고만 하면 눈을 찍을 수도 있고, 길고 허연 갈고리발톱으로 살을 저밀 수도 있고, 엄청나게 힘센 두 날개로 후려칠 수도 있었다. 하지만 그러지 않고 부엉이는 나를 보았는데 어찌나 빤히 집중해서 보는지 난 도로 앉아야 하는 게 아닐까 싶었다.

"밖에 이것이 기다리고 있으면, 그러면 잘된 거야."
아리야가 말했다. "내가 나갔더니 딱 와 있더구나. 도
와주렴."

나는 아리야가 팔에 부엉이를 앉힌 채로 천천히 앉
도록 도왔다. 나는 그 둘과 마주하고 앉아서 그 거대
한 새를 응시했다.

"무거워요?"

"거의 하늘에서 살아가는 새들이 무거울 리야. 가
볍단다. 가볍기가… 깃털 같지."

"아." 내가 말했다.

"내가 사제 노릇을 45년 했다만 이 일은 해본 적이
없다. 한 번도 못 해봤어." 아리야가 말했다.

문득 싸늘한 느낌이 들었다. 정말 정말 싸했다. 낭
패스러웠다.

마음속 깊이에서는 알았다. 할머니가 지나리야에
대해 이야기해주셨을 때부터 나는 알고 있었다. 정말
로. 변화는 항상 온다. 달라지는 것은 내가 타고난 운
명이다. 성장하는 것.

"어째서예요?" 그럼에도 나는 물어보았다.

"왜냐하면 이게 그걸 고칠 유일한 길이고 넌 그걸 고쳐야만 하기 때문이지. 그래야 그걸 써서 그것이 필연적으로 할 일을 하게끔 할 수 있으니." 부엉이는 나에게서 눈을 떼지 않았다. "옛 언어에서 '지나리야'가 무슨 뜻인지 아느냐?"

나는 고개를 저었다.

"그건 '황금'을 뜻한다. 우리가 그이들에게 붙인 이름이 그거지. 왜냐하면 그이들의 진짜 이름은 우리 입으로 말을 할 수가 없고 또 그이들 몸이 그걸로 되어 있었으니까. 황금이야. 황금의 종족. 그이들의 신체, 타고 온 우주선, 관계된 모든 게 황금이었다. 그이들은 쉬었다 가야 해서 사막에 왔다. 그리고 연료 재보급도 해야 하고 또 모래의 색이 맘에 들었기 때문이었지… 황금색이라. 너의 에단은 지나리야 기술로 된 거란다. 나는 너를 만난 그때 이걸 알았다. 나는 그저 생각했지. 그것이 네가 저를 찾아내도록 허용한 걸 보면 네가 그것을 풀 수 있겠구나 하고. 굳이… 굳이…."

"굳이 절 활성화시키지 않더라도, 그 말이죠."

아리야가 고개를 끄덕였다. "우리 부족이 아니고서는 애당초 아무도 지나리야에 관해 알질 못하고 결혼해서 나갔든가 부족을 떠난 사람들은 자기가 에니 지나리야인 걸 굉장히 창피하게 생각해서 가족에게 말하지 않아."

"우리 아버지같이요." 내가 말했다. "유전적인 질병이 있는 거나 비슷하네요. 어떻게 보면. 힘바나 쿠시가 알고 있었으면 그렇게 그러지 않았을 텐데…."

아리야가 웃음 지었다. "아, 알고들 있다. 그쪽 부족들에서도 아니까 우리에게 독이 되는 그런 해로운 견해를 아예 저희들의 문화 속에다가 구축해 넣었지. 그게 바로 우리가 이렇게나 따돌림당하는, 불가촉천민 취급받는 이유인걸. 힘바족이나 쿠시족에게 우리는 야만스러운 '사막 사람들'이지 에니 지나리야가 아니야. 우리 피를 자기들 혈통에 들이고 싶어 하는 사람은 아무도 없지. 뭐 아무튼 집단지식은 네 형제자매들과 그들의 자녀들 이름과 얼굴을 다 알고 있단다."

"아." 기분이 조금 괜찮아져서 내가 말했다. "어, 그건 좋네요."

"하지만 그걸로 끝이야."

우리는 잠시 서로 응시했다.

"할 마음이 드느냐?" 아리야가 물었다.

"꼭 해야 하나요?"

"흐음. 네 핏줄이 여전히 창피한가 보구나."

"아뇨." 내가 말했다. "전 힘바족이고 그게 자랑스럽습니다."

아리야는 눈썹을 올렸다. "네 할머니는 힘바가 아닌걸. 그 사람은 에니 지나리야다. 그리고 우리는 모계 부족이거든? 그러니까 네 아비도 에니 지나리야란다."

"아니에요." 내가 딴죽을 걸었다. "아빤 힘바 사람이에요." 내가 근시안적으로 굴고 있구나 하는 느낌이 콕 찔러왔다. 안절부절못하겠고 자꾸만 확 밀어붙여져 균형을 잃을 듯한 게 생각을 하기가 힘이 들었다. 그런 혼란스러운 느낌이 한 찰나 번뜩 메두스의 분노를 촉발했다.

"할 마음이 드느냐?" 아리야가 물었다.

나는 대답을 하려고 입을 벌렸지만 하려던 말이 어리석은 말이라 하지 않았다. 틀린 이야기였다. 하지만 진실이기도 했다. 내가 이 일을 거친다면 나는 힘바족 정체성으로부터 한 발짝 더 벗어나는 것이다. 나 자신으로부터 내 가족으로부터 그만큼 멀어지는 것이다. 나는 흔들릴 줄 모르는 부엉이의 시선으로부터 숨고 싶은 마음이 간절했다.

"할 마음이 나느냐?" 아리야가 다시 물었다.

나는 소리 나게 한숨을 쉬고 머리를 흔들었다. "아리야 사제님, 전 이 일이 하나도 이해가 가지 않아요. 제 에단이 지나리야 기술로 된 거면 왜 그 외부 금속이 메두스를 죽이죠? 전 이제 부분적으로 메두스인데 그럼 왜 제 에단이 저는 안 죽일까요? 전 모르겠어요. 저한테 무슨 일이 벌어지고 있는 건지, 왜 제 에단이 산산이 분해되었는지, 그 구체는 뭔지, 왜 그게 문제가 되는지, 제가 왜 여기 와 있는지도요! 순례행 가려고 온 길인데 거긴 아예 가지도 못했네요. 여기 와 있지요. 지금 제가 뭘 하고 있는 건지, 어디로 가려고 그러는 건지 모르겠어요!" 나는 흡뜬 눈으로 아리야를 응시했다. 숨을 거칠게 몰아쉬면서. 숨이 잘 쉬어지지 않았다. 생각을 할 수도 없었다. 나무 노릇이 되질 않았다.

나는 세 번째 물고기호의 식당에 있던 그 많은 쿠시 사람들이 눈앞에 보였다. 죽었다. 메두스 침에 가슴들이 쩍쩍 벌어지던 모습. 무즈하 키비라, '큰 물결'. 물에 빠지듯이 내가 풍덩 빠져버린 그 죽음의 흐름이 그 어떤 뒤틀린 방식으로 나에게 삶을 주었다. 나는 한 손으로 가슴을 누르면서 몸을 옆으로 기울였다. 분노의 눈물이 핑 돌아 눈시울이 뜨끈했다. 오크우가 그 학살의 일부였다니 어떻게 그런 일이? 일곱께서 이 일이 일어나도록 허락했다니 왜? 그러나 그럼에도 죽음의 물속에 깊이 빠진 게 나에게 새로운 삶을 주었다. 그 물에 빠져 죽지 않고 그 흐름에 실려왔다.

"호흡이 얕고 심박수는 증가했네요. 공황 발작이 왔습니다." 주머니에 든 내 천문의가 그 딱딱한 여자 음성으로 선언했다. "수학적 명상에 들어가실 것을 권고합니다." 난 그걸 아주 박살 내버리고 싶었다.

사제님은 날 보고만 계실 뿐 아무 일도 하지 않았다. 부엉이가 목을 훅 부풀리곤 세 번 울었다. 부드럽고 평온하게. 부엉이의 눈을 들여다보며 나는 눈을 크게 떴고, 숨을 깊이 들이마셔 한도까지 폐를 채웠다. 내가 숨을 내쉬자 부엉이가 다시금 부드럽게 울었고 그 소리는 나를 한층 더 진정시켰다. 그러고 나서 부엉이는 또 한 번 울더니 몸을 기울여 깃이 잔뜩 난 발 근처까지 고개를 낮추었는데 줄곧 내 시선을 붙든 채였다. 머잖아 공황 발작이 지나갔다.

"할 마음이 나니?" 아리야가 네 번째로 물었다.

그 목소리는 내 속 깊은 곳에서 들려왔지만 그럼에도 친숙했다. 고향을 뒤로 한 때로부터 계속 들려오던 목소리. 나는 사실을 사실대로 말하는 그 낮은 음성을 줄곧 무시해왔다. "너는 네 아버지 뒤를 잇지 않았지. 너랑 결혼할 남자는 없어. 이기적인 여자애. 실패한 애야." 내가 해야 했을 일이고 되었어야 했을 것들인데. 나는 집단 안의 내 자리를 채우지 않았다. 그럼으로 해서 나는 내 꿈을 추구하면서도 줄곧 벌거벗은 느낌, 근본을 잃은 느낌이었다. 그리고 지금 나는 결코 전으로 돌아갈 수 없으리라는 걸 더더욱 확실하게 할 또 한 가지 선택을 하려는 참이었다.

나는 눈을 질끈 감았고 델레 생각을 했다. 전에는 내 친구였지만 마지막으로 이야기 나누었을 때 나를 못 볼 것 취급하던 그 애를. 미처 대비도 못 한 식으로 판결을 내려 내쳐버리던 델레의 태도는 나에게 쏘인 듯한 아픔을 주었고 내가 이미 선택을 한 것임을 상기시켜주었다. 그런데 나의 선택은 고향에 오겠다는 것이었다. '델레는 늘 만사를 너무 단순하게 보는 애지.' 나는 생각했다. '무한히 복잡한 일일 때조차도 말이야.' 델레는 조율사가 아니었다. 나는 눈을 뜨고 아리야를 보았다.

"그게… 어떤 작용을 할까요?" 말은 숨소리에 실려 나왔다.

"너를 한 부족 전체에, 하나의 기억에 연결시켜주지. 그리고 너의 에단을 풀도록 해줄 거야."

"전 사막 사람이 되는 거네요." 나는 신음했다. 그러다 나 자신을 걷어차고 싶은 맘으로 눈을 껌벅였

226

다. "죄송해요. 에니 지나리야라고 말하려는 거였어요. 힘바 사람들은 여러분을 야만인으로 봐요. 전 이미 메두스에게 당해서 달라진 애예요. 그런데 이제 영영…."

"네가 무엇이 되는 걸까?" 아리야가 물었다. "아마 그건 너에게 달린 일이 아닐 거다."

나는 내 두 손을 보았다. 손을 들어 얼굴로 가져와서 거기 덮여 있는 오치제의 향내를 들이마시고 싶었다. 나는 집에 가고 싶었다. 해가 질 때까지 호수 근처에서 게들을 쫓아다니다 몸을 돌리곤 뿌리집을 바라보며 지붕 가까이 자라는 발광 식물들이 내는 빛을 보며 감탄하고 싶었다. 거실에서 언니들과 말싸움하고 싶었다. 단짝 친구 델레와 함께 올리브를 사러 마을 광장으로 걸어가고 싶었다. 우리 아버지 가게를 지키고 앉아서 너무나도 정밀한 천문의를 만들어서 아버지가 관절염이 없는 두 손으로 기뻐 손뼉 치게 하고 싶었다. 어머니와 수학 놀이를 하고 싶었다. 때로는 어머니가 이기고 때로는 내가 이기고. 나는 집에 가고 싶었다.

더 많은 눈물이 얼굴에 굴러내렸고 나는 오치제 단지를 내 다른 소지품들과 같이 할머니의 동굴에 두고 왔다는 걸 깨달았다. 그 이상 눈물을 떨어뜨리지 않으려고 눈을 가늘게 뜨고 콧구멍을 벌름거리며 안간힘을 썼다. 효과가 있었다. 나는 진정이 되었다. 이제 생각이 확실해졌다. 너무나도 집에 가고 싶지만 에단을 풀고 싶은 마음이 더 컸다. 무슨 일이든 뭔가를 희생하게 마련이다. 나는 손으로 얼굴을 문질러 닦고 오치제가 묻은 손바닥을 바라보았다. "할래요." 내가 속삭였다. 나는 등을 쭉 폈다. "부엉이는 무엇 때문이에요?" 내가 긴장된 목소리로 물었다.

"나는 수학적 조율사가 아니지만 음위니한테서 나무 노릇 한다는 게 어떤 건지 그게 어떤 역할을 하는지 들은 바가 있지." 아리야는 말을 끊었다. "내가 시작하면 그걸 하도록 하렴. 맨 처음부터 말이다. 진정하고 있는 동안에 해라."

"그럴게요." 내가 말했다. "그렇지만 부엉이는 왜 있어요?"

"이이는 부엉이가 아니야." 아리야가 말했다.

계획

"이걸 마셔라." 질그릇 잔을 건네주면서 그이가 말했다.

그것은 달착지근하면서 연기 맛도 났고, 그 액체를 삼키자 목 속에 칠이 된 듯하고 뱃속이 뜨뜻해졌다. 그 여자는 잔을 도로 받아다가 자기 옆 땅바닥에 놓았다. 우리는 뜨거운 햇볕 속 노지에 앉아 있었다. 그 땅 밑 굴의 가장자리에서 멀지 않은 자리였다. 여기 있으니 살살 휘몰아 올라가는, 굴에서 나오는 공기의 움직임이 정말 감지되었다. 위에서는 부엉이가 큼지막한 동그라미들을 그리면서 날았다.

아리야는 부엉이가 날개를 허락해 뽑도록 해준 기다란 깃을 나에게 건넸다. 아리야가 부엉이에게서 그걸 뽑아낼 때 부엉이는 뽑자마자 날개를 퍼덕퍼덕 쳤다. 아파서 날갯짓으로 아픔을 쫓으려는 것처럼. 아리야가 깃을 건네주는데 보니까 깃 끝이 바늘처럼 날카로웠다.

"저이는 이름이 없어." 아리야가 이제 그렇게 말했다. "하지만 지나리야가 우리 가운데 있었던 옛 시절로부터 살아온 단 한 마리의 동물이란다. 과거 우리 부족이 처음 지나리야를 받았을 때 그걸 우리에게 줬던 이와 함께 살았더랬지. 그때는 부족에 지도자가 딱히 없었고 모두들 너무나도 밀접하게 연결이 되어 있어서 누가 누구라고 따로 떼어놓고 이야기할 수 없었다. 항상 저 동물과 함께 있던 그 특별한 한 명만을 빼고는 말이지.

오늘 저이는 한 마리 수리부엉이같이 보이지. 하지만 다른 날들도 있단다… 저 모습이 아닌 날들이. 아무튼 그들이 떠날 적에 저이는 많은 걸 받았다. 해야 할 일 하나를 포함해서."

나는 깃 끝을 보았다. 햇빛 속에, 햇빛 속에 정말 작게 한 점 반짝임이 있었다. 깃 끝에 뭔가 액체가 묻어 있었다.

"손가락 끝에다 그걸 찔러라." 아리야가 말했다. "세게. 그런 다음에 빼지 말고 그대로 잡고 있어."

나는 입술을 물었다. 난 고의로든 우연히든 내 몸을 다치게 하는 걸 좋아하지 않았다.

"그 일을 하는 사람은 너여야만 해. 네 선택이다. 그 깃에 촉매가 있으니 그게 네 혈류에 들어가야만 하는 거다."

"알았어요." 내가 속삭였다. 하지만 실제로 하기에 앞서 나는 $Z = z^2 + c$를 읊었다. 그 식은 나뉘고 나뉘고 나뉘어 사랑스러운 복잡성을 띤 나선형이 되어갔다. 빠르게, 더 빠르게, 그 비비 꼬인 형태를 마음속에 그리고 내 눈앞에 보게 될 때까지 박차를 가했다. 이내 그것은 하나의 흐름이 되었다. 부드러운 푸른색 흐름에 나는 같은 방정식에서 불러일으킨 또 한 가닥 흐름을 조화시켰다. 내 정신으로 나는 그 흐름들을 향해 나를 감싸라고, 보호해달라고 청했다. 그런 다음 빈 땅 한복판에서 햇빛을 받으면서 원래는 에니지나리야였던 '사막 사람들'의 여사제가 지켜보는 가운데 나는 그 깃의 날카로운 촉을 내 왼손 엄지손가락의 살에 찔러 넣었다.

일곱의 이야기들에 보면, 생명은 여러 번 내린 비에 푹 젖은 진한 붉은색 점토에서 비롯됐다. 일곱 중 하나가 그러기로 뜻을 정하고 다른 이들이 무슨 일이 벌어질까 관심을 가지게 된 때에 미생물들이 부름을 받아 운동성 있는 존재가 되었다. 그 점토가 '어머니', 곧 오치제였다. 나는 이제 점토였다. 나는 저만치 떨어져서 지켜보고 있었다. 아무 느낌 없이, 하지만 통제는 되는 상태로. 나는 손가락을 찌른 깃을 그대로 잡고 있었다. 그러자 이윽고 수식들이 일렁이는 그 지점에서부터 푸른 흐름들은 서로서로 감기고 꼬여 내 주위로 연결되어 갔고 내 몸이 내 명령 없이 움직였다.

다섯 살 때 어머니에게 출산이 어떤 느낌이었느냐고 물어본 적이 있었다. 어머니는 빙긋 웃으시면서 출산을 한다는 건 곧 뒤로 물러서서 몸이 알아서 하게 하는 거라고 하셨다. 아이 낳는 일이란 몸이 영혼 없이도 할 수 있는 수천 가지 일 중 하나에 불과하다고. 내가 이렇게 물었던 게 기억난다. "아기 낳으려고 자기가 몸에서 물러나버리면, 그럼 거기 있어서 아기를 낳는 건 누구예요?" 이제 내 몸이 움직이게 된 지금 나는 이것이 궁금했다.

나는 그 일이 일어나는 것을 볼 순 없었다. 다만 멀리서 감지는 할 수 있었다… 내 몸이 무언가를 끌어올리고 있었다. 땅에서 에너지를 끌어내는 중이었다. 대지로부터, 땅속 깊이에서부터. 내 몸은 '어머니'를 건드리고, 쿡 찔러 깨우고, 그러곤 오시라고 청했다. '일곱은 위대하셔.' 나는 생각했다. 이건 내 순례행이 아니다. 거기 갔으면 나는 일곱을 찬양하고 오직 그럴 권리를 얻은 사람들만이 들어가는 장소로 들어갔을 텐데. 이젠 아마 영영 그럴 기회는 없을 것이다. 이 일은 그와는 다른 무언가였다.

'어머니'가 오셨다.

나는 나무 노릇을 하고 있었지만 이제는 한껏 느껴져왔다. 온몸에 불이 확 켜진 듯했다. 나무 노릇 중이 아니었더라면 과연 제정신이 남아나기는 했을까? 나무 노릇을 못 하는 사람들은 도대체 어떻게 이 일을 치러냈을까? 내 안의 광채가 휘황하게 작열해 나를 삼켰고 내가 그때까지도 순환시키고 있던 흐름들의 색을 빼앗았다. 한순간 나는 흘끗 아리야를 올려다봤고 놀라서 커다래진 눈을 보았다. 내 선생님이신 옥팔라 교수님이 그러던 게 생각났다. 움자 대학교에서 내가 그걸 봤던 그날에….

무지갯빛 백광이 모든 걸 다 수몰했다. 젤리 같은 물질을 통해서.

그러고 나서는 암흑이었다. 그러고 나서 나는 다시 거기에 가 있었다… 우주에 있었다. 무한한 암흑. 무게가 없는 곳. 훨훨 날며 혹 떨어지는지 올라가는지 자잘한 금속 먼지들로 이루어진 어느 행성의 고리를 통과해가고 고리는 반짝이는 얼음 부스러기처럼 내 살에 막 와 부딪혔다. 숨을 쉬려고 입을 조금 벌렸는데 우주먼지가 내 입술을 두들겼다. 숨을 쉴 수 있으려나? 내 안에서 살아 있는 숨이 피어올랐고 나는 폐가 그것으로 차며 팽창하는 것을 느꼈다. 긴장이 풀렸다.

"당신은 누구지요?" 한 목소리가 물었다. 우리 집
안 특유의 말투로 말을 하는데 어디선지 모르게 사방
에서 들려왔다….

나는 나무에서 떨어져 나왔다.

내 오쿠오코가 꿈틀거리고 있었다. 그러곤… 비였
나? 축축한 느낌?

무언가가 찢어지고 있었다. 나는 기침을 하고 있었
다. 내 폐가 견딜 수 없는 무언가를 들이마셨기 때문
이다. 그 기체가 온통 내 주위를 휩쌌는데 그러고 나
서는 없어졌다. 나는 다시금 심호흡을 했다. 이번에
는 공기로 내 폐를 채워갔다.

나는 눈을 크게 떴다. 사막을 향해서. 그리고 연기
냄새. 아리야는 지척에서 크게 놀라 입을 벌린 채 자
기 옷을 후려치고 있었다. 연기가 그이 주위에 온통
솟았다. 아리야는 불을 끄는 중이었다. 그이 옷이 타
오르고 있었다. 내 흐름으로 인해 불이 붙은 건가?
나는 무작정 의문을 품었다. 내가 깜박 통제를 못 해
서? 살면서 그런 짓은 저지른 적이 없었다. 나는 나

자신을 붙들어놓기 위해 한 손을 두었다. 조율사라면 모든 것에 숫자와 수식이 보인다. 너무 집중해서 무엇을 보면 언뜻언뜻 보이는 눈알 표면의 먼지 같은 것처럼 숫자와 식들이 주위를 휘돈다. 나는 그런 것에는 익숙했다. 그렇지만 지금 보고 있는 것은 생소했다. 콩알만 한 것부터 큰 토마토만 한 것까지 크기가 각각이고 색깔도 다양한 동그라미들이 어떤 규칙에 따라 내 주위에 쭉 늘어서 있었다. 그 동그라미들은 맥이 뛰듯이 투명해지다가 불투명해지기를 내가 숨 한 번 쉴 때마다, 움직임 하나하나마다, 내게 든 생각 하나하나마다 했다. 하지만 아무튼 그런 것보다 훨씬 다급하게 처리해야 할 일이 있었다.

"오크우가." 아리야를 쳐다보며 내가 말했다. 심장의 느낌이 마치 내 가슴통을 안에서부터 저며 뚫을 것 같았다. "저의 메두스요. 사람들이 그 녀석을 죽인 걸까요? 돌아가야겠어요."

아리야는 아무 말 하지 않았다. 후들후들 떨리는 다리로 나는 일어섰다. "전 가야 해요." 내가 말했다. 눈물이 차올랐다. 나는 몸을 돌려 음위니가 나를 데리고 온 방향을 바라보았다. 저 멀리에 마을 동굴들이 얼핏 눈에 보였다. 한 걸음을 내디뎠는데 문득 무언가가 하늘에서 뚝 떨어져 내려왔다. 그것은 내 오치제처럼 붉은 주황색이었고, 불타고 있었다. 그것이 곧바로 내게 닥쳐드는데 내가 절대 도망 못 칠 속도였다. 나는 그쪽으로 돌아섰다. '호되게 날 쳐서 재만 남도록 태우라지.' 내가 생각했다. '하라지.' 나는 내 쪽으로 날아오는 그 불덩어리를 주시했다. 나의 죽음에 굴복했다. 전에 메두스가 모든 이를 죽인 그때 우주선에서 거기 굴복했던 것처럼. 나는 덮쳐드는 그것의 열기를 느꼈고 너무나 강력한 한 자락 바람이 날훑고 불어가 그만 비틀거리다 땅바닥에 꽈당 엉덩방아를 찧었다. 제정신이 아니다가 그 아픔에 정신이 들었다. 눈을 깜박거려 모래 섞인 눈물을 눈에서 제했다. 눈물이 내 오치제와 섞이고 내 피부의 땀과 모래에 범벅이 되었다.

아리야가 천천히 내게로 왔다. "진정을 해라." 그이가 매섭게 말했다. 지팡이를 들고 있었다. 언제 저걸 가지고 왔지? 그리고 이제 아리야는 그 지팡이를 짚고 있었다. "빈티, 너 스스로 진정을 해야 한다." 그 나이 든 여자분은 저 앞마을을 바라보더니 이어 나를 보았다. "너는 이제 막 개시를 한 참이야." 그이가 말했다. "그 불덩어리는 너를 거기서 빠져나오게 하려고 내가 던졌다."

"당신이요?"

"양손을 들어라." 아리야가 말했다. 그러곤 자기가 두 손을 자기 앞에 들었다. "이렇게. 그것들을 봐. 너의 의지가 제어를 조종하지. 네가 생기게도 하고 없애기도 하는 거야."

나는 두 손을 들었고 그러자 거기에 그 색 있는 동그라미들이 다시 나타났다. 이번에는 바로 내 얼굴 앞쪽으로 생겼고 딱딱한 꿀 사탕처럼 확실했다. 나는 천천히 그리로 손을 뻗었고 내 손이 그걸 통과해 나갈 것이라고 예상했다. 그걸 톡 건드렸더니 내 손톱이 얇고 단단한 물질에 닿는 가벼운 짤깍짤깍 소리가 났다. 나는 그걸 눌렀고 '이렇게. 그것들을 봐. 너의 의지가 제어를 조종하지. 네가 생기게도 하고 없애기도 하는 거야'라는 말들이 붉은 주황색을 띤 둥글둥

글한 오치힘바 서체로 내 얼굴로부터 한 자쯤 되는 곳에 주르륵 펼쳐졌다.

나는 그 단어들을 건드렸고 그러자 그것들은 향 연기처럼 스르르 사라졌다. 그러면서 아리야가 그 똑같은 말을 하는 소리가 낮게 들려왔다.

"이게 대체⋯."

"그게 지나리야야." 아리야가 말했다. "이제 너도 우리 중 하나가 되었다."

나는 두 손으로 머리를 감싸 쥐었다. 내가 멈출 수 없는 무언가를 멈출 수 있기라도 할 것처럼. 내 오쿠오코를 처음 감각한 때의 낯선 흥분과 꼭 같이, 이건⋯ 이건 굉장했다. 나는 성장의 고통과 영광을 실감했다. 거기에 힘이 들어 낑낑대면서 또 몸서리를 치고 있었다. 죽어라 생각하면서 주위를 둘러보는데 그 스트레스 때문에 눈알이 욱신욱신 아렸다. 그러고 있다가 그 단어들을 보았다.

'빈티? 네가 왜⋯ 정말 너냐? 어째서 네가⋯ 그이들이 그만⋯ 아, 안 돼, 안 돼, 안 된다. 너 무슨 짓을 한 게냐?'

나는 그대로 앉아버렸다. 목구멍에 울음이 치받혔다. 모든 게 낯선 그 순간에조차 그 말에 담긴 절대적인 낭패감이 너무 분명해서 나는 억장이 무너졌다. 강렬한 후회가 들었고 지나리야를 활성화하지 말았더라면 싶었다. 아버지가 저렇게 실망하시지 않게 하는 거면 뭐라도 할 텐데. 이미 아버지께, 모두에게, 나 자신에게 갖가지로 못 할 짓을 해놓고도. 나는 정신을 집중하려 고투했다. "아빠!" 내가 소리쳤다. "무슨 일이 있는 거예요? 무슨 일이 생겼어요?"

"못 듣는다." 아리야가 말했다. "보내야 한단다."

천문의구나. 나는 정신없이 그렇게 생각했다. 천문의 같은 거야. 더 원시적일 뿐.

아버지를 볼 수는 없었지만 아버지께 '보낼' 수는 있었다. 나는 페이지를 공중에 영사해주어 그 위에 글자를 쳐 넣기도 하고 이리저리 옮기기도 하는 천문의의 홀로그래픽 모드를 쓴다고 상상하면서 직감을 따라 해보았다. 그렇게 하노라니 막연하게 내가 지금 에니 지나리야 하면 생각나는 그 미친 여자 같은 손동작들을 하고 있구나 싶었다. 그리고 그 순간에는 정말로 그랬다.

'아빠.' 내가 보냈다. '무슨 일이 일어났어요? 오크우가 어떻게 된 거예요? 어디 계세요? 저는 황무지에 나와 있어요.'

아버지의 대답은 즉각 돌아왔다. '어째서 이걸 허락한 거냐? 전에는 너무나도 훌륭한 딸이었는데.' 아버지의 말은 날 철썩 후려치는 듯했고, 나는 온몸을 관통하는 충격을 느꼈으며, 잠시 동안은 모든 걸 잊었다. 나는 이마를 문질렀고 손가락 하나로 내 오쿠오코를 훑어 만졌다. '내 거야.' 내가 생각했다. '이것들은 내 거야.' 나는 양손을 올렸고 글자를 썼다. '아빠, 전 괜찮아요. 제발요. 무슨 일이 벌어지고 있는 거예요?'

말들이 전해 오기에 앞서 기나긴 침묵이 있었다. 그리고 말이 전해져 온 때에 나는 도로 땅바닥에 주저앉았고 단어들은 나와 함께 밑으로 이동했다. '쿠시족이 와서 오크우와 싸움이 있었다. 많은 수를 처치하긴 했다만 아마 그놈들이 그것을 죽였지 싶다. 이제 메두스족이 오고 있어. 우리는 나갈 수가 없구나.

쿠시족이 뿌리집에 불을 질렀다. 나갈 도리가 없어. 그래도 벽들이 우리를 지켜주겠지. 뿌리집이 뿌리니까. 우리는 괜찮을 거다. 너 있는 데 그냥 있어라.'

'아빠!' 내가 보냈다. 보내고 또 보냈지만 아버지는 응답하지 않으셨다. 내가 보낸 말들은 스르르 녹아 사라지지도 않았다. 가질 않는 거구나! 나는 분노에 진저리쳤고 곧 아악 소리를 지르면서 모래를 움켜서 집어던졌다. 내 눈에서 눈물이 날렸다. 나는 한참 동안을 사막을 지그시 내다보았다. 응시하고 또 응시했다. 모래와 하늘, 하늘과 모래. 나는 오크우에게 닿으려고 해보았다. 또다시 아무 반응이 없었다.

나는 명상에 빠져들었다. 숫자들이 물처럼 날아다녔고, 제어는 흐릿해졌지만 꺼지지는 않았으며, 내 머리에 난 오쿠오코는 꿈틀거렸다. 나는 일어섰다. "저 집에 갑니다." 내가 아리야에게 말했다. 아리야는 고개만 끄덕 했다. 사막 위로 다가오는 사람 그림자에 주의를 두고 계셨다. 그 사람은 음위니였고 낙타 한 마리를 끌고 왔다. "음위니와 함께 가도록 해라." 아리야가 말했다.

"에니 지나리야는 같이 안 가나요?" 내가 물었다.

아리야는 나를 볼 따름이었다. 그러고는 말했다. "가서 싸울 싸움이 있으면야 갔겠지만."

나는 그게 무슨 뜻이냐고 묻지 않았다. 위에서는 부엉이가 원을 그렸다.

* * *

음위니와 내가 낙타 등에 올라타 이동하기 시작하자 부엉이는 우리 머리 위로 몇 킬로미터나 따라왔다. 그러고는 돌아갔다. 아리야에게 돌아갔을 것이라고 나는 짐작했다. 부엉이는 할 일을 다 했다. 나는 힘바 사람, 숙련 조율사였다. 그러고 나서는 메두스도 되었다. 나의 오쿠오코에 분노가 진동하는. 이제 나는 또한 에니 지나리야였다. 외계 기술이라는 선물을 받아 지닌 사막 사람들. 나는 세상이 여럿이었다. 어느 것이 고향일까? 내 집은 어디일까? 불붙어 타고 있나? 음위니와 함께 낙타를 타고 가며 나는 이런 것들을 생각해보았다. 하지만 그리 오래 생각하진 않왔다. 음위니가 내 가방을 가지고 온 터라 이제 나는 거기에 손을 넣었다. 손가락으로 주머니를 비집고 여전히 부서진 채인 내 에단의 금속편들을 만져보았다. 골 무늬가 진 그 황금 구체를 손에 쥐었다. 따뜻했다.

싸울 싸움은 없을 것이라고 아리야가 그랬다. '두고 보죠.' 커다란 낙타의 두툼하고 거친 털을 움켜쥔 채로 내가 생각했다. '두고 보면 알겠죠.'

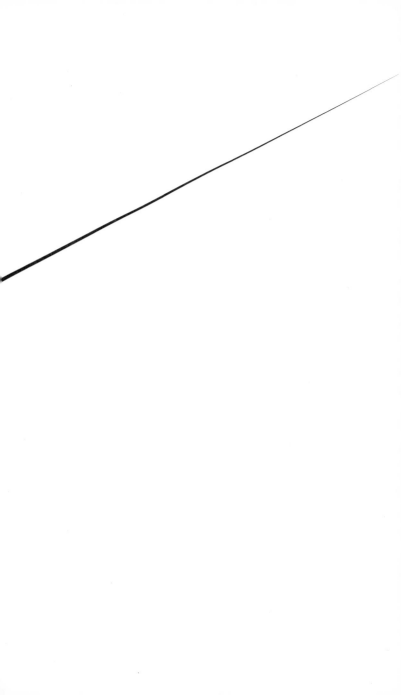

지은이..은네디 오코라포르 Nnedi Okorafor

1974년 미국 오하이오주 신시내티에서 태어났으며 일리노이 대학교 시카고 캠퍼스에서 영문학 박사 학위를 취득했다. 정교수로 버펄로 대학교에서 문학을 가르치다 이제는 전업 작가로 활동 중이다. 작품 전반에 흐르는 아프리카 문화권의 이채로운 분위기는 나이지리아인 부모 밑에서 태어나 나이지리아 여행을 하며 성장한 삶의 궤적에서 비롯되었다. 자신만의 독특한 세계관으로 SF 문학계를 매료시키고 있는 오코라포르는《빈티: 오치제를 바른 소녀》로 휴고상과 네뷸러상을 수상하였으며 '빈티' 3부작 시리즈를 통해 SF 작가로서 입지를 굳혔다. 마블 코믹스《블랙팬서》《슈리》의 작가이며 대표작으로 '라군 Lagoon' 시리즈, '아카타 마녀Akata Witch' 시리즈 등이 있다.

그래픽..구현성

보편적인 형식과 서사보다는 실험적이고 변칙을 추구하는 만화와 일러스트레이션을 주로 작업하고 있다. 기존의 구조와 형태를 해체하거나 재구성하거나 파괴함으로써 얻어지는 특이점과 이질적인 아름다움을 구현한다. 대표작으로 〈망상의 집〉〈smog〉〈unspace〉〈undead〉등이 있고,《별무리》《인코그니토》《빈티: 오치제를 바른 소녀》등의 책과 여러 컨셉아트 포스터를 작업하였다.

옮긴이..이지연

서울여자대학교를 졸업하고 도서출판 황금가지에서 편집자로 일했다. 번역한 책으로《스페이스 오디세이 2010》《크로우 걸》(1, 2, 3)《밤과 낮 사이》(1, 2)《위키드》(4, 5, 6) 등이 있다.

◉

불가능하고도 가능한 세계
포비든 플래닛 FORBIDDEN PLANET

빈티: 지구로 돌아온 소녀

1판 1쇄 찍음 2020년 12월 28일
1판 1쇄 펴냄 2021년 1월 8일

지은이 은네디 오코라포르
그래픽 구헌성
옮긴이 이지연
펴낸이 안지미
편집 박승기
교정 박소현
디자인 이은주
제작처 공간

펴낸곳 (주)알마
출판등록 2006년 6월 22일 제2013-000266호
주소 04056 서울시 마포구 신촌로 4길 5-13, 3층
전화 02.324.3800 판매 02.324.7863 편집
전송 02.324.1144

전자우편 alma@almabook.com
페이스북 /almabooks
트위터 @alma_books
인스타그램 @alma_books

ISBN 979-11-5992-324-1 04800
ISBN 979-11-5992-246-6 (세트)

이 도서의 국립중앙도서관 출판예정도서목록CIP은 서지정보유통지원시스템
홈페이지 http://seoji.nl.go.kr와 국가자료종합목록 구축시스템 http://kolis-
net.nl.go.kr에서 이용하실 수 있습니다. CIP제어번호 : CIP2020050630

알마는 아이쿱생협과 더불어 협동조합의 가치를 실천하는 출판사입니다.

종이 표지_비비칼라 110g/㎡ 별지_비비칼라 110g 본문_그린라이트 80g/㎡